失神引

玩偶 著

陕西新华出版传媒集团
太白文艺出版社·西安

图书在版编目（CIP）数据

失神引 / 玩偶著. -- 西安：太白文艺出版社，2023.1

ISBN 978-7-5513-2272-0

Ⅰ.①失… Ⅱ.①玩…Ⅲ.①诗集—中国—当代 Ⅳ.①I227

中国版本图书馆CIP数据核字（2022）第196061号

失神引
SHISHEN YIN

作　　者	玩　偶
责任编辑	杨　匡
封面设计	阮　强
出版发行	陕西新华出版传媒集团
	太 白 文 艺 出 版 社
印　　刷	安康市汉滨区文化印务公司
开　　本	787mm×1092mm　1/16
字　　数	200千字
印　　张	12
版　　次	2023年1月第1版
印　　次	2023年1月第1次印刷
书　　号	ISBN 978-7-5513-2272-0
定　　价	48.00元

版权所有　翻印必究
如有印装质量问题，可寄出版社印制部调换
联系电话：029-81206800
出版社地址：西安市曲江新区登高路1388号（邮编：710061）
营销中心电话：029-87277748　　029-87217872

目 录

抱残 / 001

暗疾 / 002

浮生 / 003

野望 / 004

失神引 / 005

丧乱帖 / 006

春江花月夜 / 007

在茶山 / 008

我们谈论一些月亮的事吧 / 009

守缺 / 010

鸡鸣驿 / 011

不远的灯火 / 012

散漫的午后 / 013

散漫的力量 / 014

湿 / 015

现实生活 / 016

大雪过后 / 017

艾草的苦香 / 018

还春山	/ 019
泄漏的月光	/ 020
狭隘	/ 021
白玉苦瓜	/ 022
俗念	/ 023
酸果	/ 024
醒	/ 025
年轻的树萌	/ 026
宁静	/ 027
暗器	/ 028
记事	/ 029
痒	/ 030
用简单的手工做件大事	/ 031
虚设	/ 032
低烧	/ 033
苦行僧的袈裟	/ 034
过荷塘，与荷失之交臂	/ 035
大暑或与一场雨不期而遇	/ 036
一只鸟飞过	/ 037
分身术	/ 038
不讨喜	/ 039
在中秋	/ 040
与一朵花对视	/ 041
明月赋	/ 042
梅	/ 043
甲子胡同18号	/ 044

恍然如梦　　　　　　　　　　／045
等待一场雪　　　　　　　　　／046
制幻地　　　　　　　　　　　／047
无　　　　　　　　　　　　　／048
完全入迷的路　　　　　　　　／049
多余的言辞　　　　　　　　　／050
桃园　　　　　　　　　　　　／051
醉酒　　　　　　　　　　　　／052
果园　　　　　　　　　　　　／053
冬日窗花　　　　　　　　　　／054
即景　　　　　　　　　　　　／055
有关冬天的记忆　　　　　　　／056
炊烟像是城市的过客　　　　　／057
文笔山上　　　　　　　　　　／058
搭棚记　　　　　　　　　　　／059
长廊记　　　　　　　　　　　／060
读书记　　　　　　　　　　　／061
在山巅　　　　　　　　　　　／063
在低处　　　　　　　　　　　／064
在桑园　　　　　　　　　　　／065
雪下的村庄　　　　　　　　　／066
雪意　　　　　　　　　　　　／067
岁末书，或废话的忍耐限度　　／068
月食即将发生　　　　　　　　／069
月到中秋　　　　　　　　　　／070
端午　　　　　　　　　　　　／071

前兆	/072
水乡	/073
东山下	/074
隔着玻璃看月亮，能有什么答案	/075
茶之情	/076
等风来	/077
待云起	/078
在林间	/079
汉陶风	/080
不道破	/081
光影误	/082
月亮词	/083
观月记	/084
有耳	/085
腹线	/086
有藏	/087
鳞甲	/088
河水	/089
地衣	/090
暮色	/091
白鹭	/092
月亮	/093
桂花	/094
有影	/095
火车	/096
小城谣	/097

桃花令 / 098

月亮辞 / 099

在清明 / 100

春天的生活 / 101

山中 / 102

岳阳楼下 / 103

千年之后 / 104

行走中的锦 / 105

极地之侧 / 106

差两分就是过去 / 107

渡口 / 108

小众月亮 / 110

说月光，中秋将至 / 111

午夜牌局 / 112

诗意地迷失（二首） / 114

退回去 / 116

在一场忧伤里发呆 / 117

白雾 / 118

在一首诗里说秋天 / 120

舞 / 122

在小城 / 123

飞机从头顶飞过，和我想象的不太一样 / 125

手边有本《昆虫记》 / 127

上茶山（组诗） / 129

在北五省会馆（组诗） / 132

地名志（组诗） / 134

会馆拾遗（组诗） / 137

菜花黄或我们靠嗅觉辨别风向（组诗） / 139

在客栈，我们不谈论风雨（外一首） / 142

风物（组诗） / 144

夜探桥儿沟（外一首） / 147

那山那水（组诗） / 149

本草拾遗（组诗） / 152

行走的意义（外一首） / 154

莲说（组诗） / 156

情寄山水间（组诗） / 158

间歇性障碍（组诗） / 161

相字四题（组诗） / 164

翡翠传奇（组诗） / 168

古窑村纪事（组诗） / 170

茶山谣（组诗） / 173

饮者冥想录（组诗） / 175

无法完成的命题或永字八法（组诗） / 178

后记 / 182

抱　残

二月有萌动之美，即将展开的酣畅
醉酒的游人大喊出：因爱而苍老的魂灵
无泪、有伤。回声苍凉，我想
我做不到这么决绝
无法将一树花催出漫山的妖娆
和春天对视的人
守住的只是对等的距离
上一年，戒烟、戒字、戒去一团妄想
假装过得比任何时候都好
相书说：守拙
端坐于钟声之内，不动声色
这困在谎言里的人，多像是一件人间遗物
寂寥中，没来由地，多了怨恨

暗　疾

这躁动来得让人怀疑，用多大的计谋
才能进行一次深浅不一的停顿
拼凑出下一个清醒
作为身体的一部分，肉体中的反光
一两声咳嗽，摇出满耳的水声
你一再地闪现，却留不下真实的质感
像幽暗的骨刺
活着，只为撼动整肃的秩序
突然消失的车辙，隐去
即将展开的秘密，这让人愤怒
我不是猥琐的流寇，受几碗寡淡的酒
就该舍上性命，俯首称臣
藏身多少年，只为摇醒这纷乱的棋局

浮　生

天亮前的一场雨，留下一摊痕迹走远了
墙角被遗弃的破雨伞，像件旧衣裳
露出内心的柔软，看一个人沉睡，看出那人清醒时的样子
节制中的姿态，能随意进入的都是空房间
找不出灰头灰脸的人，听不到再见
二月，是稍纵即逝的故人，年轻时的模样
酒后的各奔东西，意料中的客套
是不是错许下诀别咒的人，注定就再也看不见桃花
在北方的腹地，想象南方的阳光

野　望

旧山水有不为人知的孤傲，云开雾散
松针如芒，悲伤莫过于内心柔软
看不透凡俗世事。苍鹰展翼十丈，高过银杏
榆树、白杨，一地散落桃花
轻与重，高不过脚下泥土，三两声低语
那声颤来得全无头绪
积年恶习，小感觉左右了我们的判断
事实上，雷声尚远，春光正绷紧内心
蹲坐叶柄之上，预埋征兆。谵妄者
烦乱、多情，痴迷于残缺之美，不承想站出
坚硬身形

失 神 引

天气预报说：微风，阴有小雨，不宜游山玩水
隔着玻璃望窗外，天空遥远，江山如画
路人患得患失，口吃病愈发厉害，长句磨成碎语
乡音依稀尚存，可连发、点射，火力凶猛
不断冲击貌似安详的人，东张
西望，偶尔不妨多情，诵些骚人短句
泛酸，"稻花香里说丰年，听取蛙声一片"
世界如此大，拘什么虚礼，作闲散状、作癫狂状
守一线光芒，不许沉醉
不到穷途末路，总有些矫情容我挥霍

丧 乱 帖

有点疯足够了。固执地佩服你那毒辣的眼光
掐住七寸,你就拿准我的命脉
只好强迫自己言听计从
不是委屈就范就能安抚好内心
那些庞杂的乱

小伎俩总能在让人舒服的范围游刃有余
剩下的时间看一朵花捅漏洞,想法露头
又临端阳,捏片艾叶就觉得迷茫
那里面有旧楚国的雍容、华丽的庙堂

一个逃离者席卷走所有的故事,说不羁的流浪
进退都有谜一般的蛛网,谜面是
惹人荡气回肠的狂放诗章
崩溃。对!你一说出口我就后悔
生比死,更容易让人感到紧张

春江花月夜

而钟声微困,绝而不离,桃花沿途叫卖春天
多年前的潮水,也曾这么浩荡
做娇羞状、作鸟兽散
低吟者顾左而言它,抚摸胸口来不及隐藏的疼,愁眉紧锁
想旧园虫鸣婉转,临窗人半染白头
这浓郁的月光,竟有着同样的忧愁
把酒吟诵,或佯狂或孤愤,总离不开伤心伤神
在故国的苍穹下心高气傲
夜又深一分,终是心疼的人,待风流散尽
说春花春水,不如说
断弦初续,好一笔疏朗河山,如此悲悯落寂
稍登高,明月依旧,银浪俱伏,远处尽是擦亮的光阴

在 茶 山

在茶山，每个山头都是我的，多好的嫩芽都为我拱出
或许是我要得太多，早已拢不住连绵山河
偶有恍惚，总是春风乱成一团
茶陇间跑出小兽，植物染上人类的脾气
早几年，曾坐在山中与人闲谈，直到风静茶清
茶花遍染金黄，渐渐词不达意
山下的小镇正在隐去
在山上，我就是一个俗人，只想尽情挥霍这满山的苍郁
多好的山色都是我用旧的

我们谈论一些月亮的事吧

谈起旧事,就无法保持客观
细节之上的叠加、重构
近乎月光铺天盖地的白
万物都俯下身去,虫鸣如神谕
一声谁去,一声谁归
三声草蛇灰线,全无踪迹
"镜中的影子,也叫影子?"
反复质疑的人,低头的瞬间
又错过了一轮月亮
想起错事,就听见有人笑
那个暗中唱反调的人
操纵往返术,豢养着小山水
深廊里徘徊的旧月光
倒悬在空墙上,带着年轻时的表情
差一点我就喊出了你的名字

守　缺

作为罪人，我们都需要救赎
我等的那白，它来了，起初在云端，羽毛一样轻
屏住呼吸，全世界都不放在眼里，一眨眼
它爬上我的鬓角，赶也赶不走
冰凉的，是，冰凉的，云也是冰凉的
亿万年前它就挂在那里，它累了，道具也会累啊
会苍老，会变暗，像墙上的旧镜子
它吞下时间的蛊，换一天的光亮
哪怕是碎，也要碎出千万张不同的脸
多么无解的固执啊！"焦虑的时间和度过的时间。"
扑闪的光，像一行人，总会走散，有岸就该上了
弃船，别回头，背景全活着
只有你，站那儿发呆，该说：一路走好
还是封门闭户，关去这凡世红尘？满屋的旧物啊
都在思考，看起来是那么的邪恶

鸡 鸣 驿

鸡鸣一遍时,火漆填满梦呓
黏稠的夜里忌谈黑、城府、糊弄鬼的坏主意
包裹中的文书,乃是冰雪之体
需避光、收敛背景、养出几分不合时宜
鸡鸣二遍屋檐露出犬齿
薄风翻过高墙,土气满盈,空空如也
旧事尚未起头,八百里快马就扑灭了残烛
烟顺着哪边飘?谁都看不见
被一个方向困住手脚,这拘谨,足以让人失语
鸡鸣三遍天渐白,岭上百花开
流泉在,鹤荡晨雾,鸣虫唧唧
全是宽慰人的好词语,腰间的火印木牌却愈发晦暗
那残月,像是忘了收监的囚徒

不远的灯火

还有什么可以撼动眼下的落寂
影浮在井底,你看它、水中的人看你
吞进去,再吐出来
还是原来的物体?眼神越过碎针般的光芒
这不等同于虚无,一滴水中有蠢蠢欲动的河山
繁衍的村庄,阳光下的老人
经过最初的战栗,停止生长
与某段记忆死磕,叨念残缺的时光
这些都可以归为固执的残存反应
孤立形态相互融合、混杂、碰撞出来的紧迫
像这繁杂世界,流淌出来的羞辱气息
神经兮兮,怎么感觉都不踏实
或许,这就是命中注定的卑贱
保持矫情的姿态,严守途经的秘密

散漫的午后

立于去年秋天的桥桩再没动过
有关这一段,文字中不会有任何记载
命谱都是别人整理的
游离的字有着不可理喻的真相
坦然面对那些荒唐,显然超出了问题本身
"如果"也能算作一类草本植物
延缓长势就是我一直在做的徒劳之事
忙乱中,群马驰过天空
影子纷纷掉落,快要淹没城池
远眺西山上的那片白,有点柔软又有点硬
挥之不去的是一些阔绰的苍茫
假如暮色再暗一点,就能
忘了午后的琐碎与漫长,像木楔敲进木桩
穿过持续的黑,音信全无

散漫的力量

我更愿用你的不屑,说明散漫
有着多大的后劲,哪种面目更为真实已不重要
你看我,绝对没有我看你那么刁钻
小把戏,一点就破。心之愚钝
不是给点药就能擦亮一片澄明
减法有时会得出加法的结果
这是一门通行于规则之外的糊涂账
你的"满江红"绝对唱不出这声婉约
毛发之下,是风生水起的名词、动词
捐出400cc也未受损的心脏
因果之间,一部分是形容,一部分是比喻
鸟一脱手就逃,枉费那么多的紧张

湿

湿下去，在别人的雾气里日渐模糊
除此，找不出其他方式生锈
荒废一场预谋已久的不安
白墙近乎空，有着宽泛的自足和圆满
关上门，也没能把自己关出去
雨下了一会儿就停了，呈现出莫名的端倪
许多事物原路返回
对于残缺，我们抱有极大的伤感
许多年过去了，依旧保持鱼和钩的距离
做不到对自己狠心，爱恨，终究是件欲言又止的事

现实生活

大团的声音里有微光,象声词,拢不住的神秘
其实,完全可以把它们归为必要的错觉
置于高阁,用不着探寻究竟
这想法多少有些荒唐,人世间毕竟有太多的不确定
谁能提早守候,谁又逐渐模糊,错过这大好春色
一场雨穿越了半个中国,空气中
夹杂着草木奔跑的气息
你着轻衣、化淡妆,行走在故地,越过身后的古塔
远处有诵经声,直到困在反复中无力自拔
这明显的脆弱只能是出于一种暗示
晃动中寻找出心底的宁静
其余的可有可无,无须浪费更多的表情
假如这些,全都真实可信,不是虚拟出来的浮光
那我一定脸色陈旧,卡在微亮的场景里
像个放大的错误

大雪过后

大雪过后,有皈依之心,需遁形,各守执着
我确信,即将出现的故事有着不同的质地
固执地重复一件事,无疑暴露出我们内心的软弱
无法与镜中的人对视、说骨肉相残的话
怜悯是错误,它让旧事发甜、蚂蚁忘了回家的路
恍惚中的冰花有多变的美、守约的累
挡也挡不住的忐忑,无奈地用困惑填满现实的窟窿
这是一门屠龙的技艺,需在蝉声的方向
找出事物的背面,辨明尘世的苦涩
戏法到这儿绕进了自己
原本一个套路的两种玩法,牵扯出不同的意义

艾草的苦香

紧张源于酒后的清醒,旧事折射出的巨大谬误
这感觉让人害怕
洞穿世事是件多么烦心的破事
该从哪里聚集反抗的力量,逼退自己的虚张声势
端午的雨,到中午终于停了
天泛起惨淡的白
一年中必有一天,空气中萦绕艾草的苦香
谈那些絮叨的话题,仅剩的爱恨恍如远处的河水
流动中半清半浊,所差的只是找一个借口
让一切释然。生有柴米茶饭,死有葬身之地
再来一杯雄黄烈酒,是否可以点燃潦草的心情
抚摸到酒杯上残存的体温

还春山

遗憾的是没有足够大的案头
把春山搬回去，就着枝上的芽、涧中的水
饮下跌宕的白云。鸟鸣不可少
水杉和黄杨，错落得让人分心
野草就那么肆意地长着吧
漫过年久失修的房屋、微陷的水洼
露出对峙的断崖就好
风会从那儿进出，捎来雨水和种子
与之匹配的庄稼与粮食
野蜂这个时候还是安静的
盘算将要迁徙的路线，如期而至的时令
在山间，错愕的感觉是
每个人影都像故人，回声清脆，那么年轻

泄漏的月光

早先挽住的几缕月光都已陈旧,今晚
有骑兽的仙人趁着夜色前来粉刷,不知道能不能和他们偶遇
我有些困了,故事到此停留
夜晚的杯子有一丝阴险,它们读完故事,跳下桌子
看我拉亮灯,断了仙人的去路

狭　隘

奔马是个骗子，拐走我的钥匙
其实，如果它开口
我会给它更多的稻草，直到它膘肥体壮，直到它陷进时光的底片
看不出马脚

白玉苦瓜

恍惚中的那点白,有多少值得怀疑的自恋
需要提及
出于礼貌,换上干净的衣服,换上干净的厌倦,一如既往地谦卑

多么安静啊
想一个人
想得名字腐烂,想得面目全非

俗　念

吐纳中飞散的杂质，绵长的气
抵达澄明之前，花用白平衡过多的灿烂
等一个人来访，等一杯茶流进身体
"心存敬畏，生与死都是平静的。"
干燥的夏蝉再也发不出声响，透过羽翼望天空
天高云淡，早晚凉气宜人，适宜蜗居一隅
谈情忆旧

酸　果

冗长的回忆只是为了立起一个虚构的村庄
窈窕女子消失在浓重的河雾里
现在所谈论的风姿绰约，和她并无关联
蟋蟀自关进麦笼就没再言语，不知有着怎样的用意
它扒拉着手指，笃——笃——笃——
这响声让人脊背发凉，让人不敢回头
唯恐遇上那双冰冷的眼睛

醒

原以为再也藏不下秘密,平白无故地
失去耐心,把自己弄得哑口无言

我还需要什么顿挫,避重就轻
摆一脸无畏的表情,掩饰内心庞杂的乱

年轻的树荫

那时还年轻,那时的树荫还在左边的窗下
不读闲书,也不练习逃亡
救命的锦囊很容易就被遗忘
有些人消失得仿佛从来就没出现过
穿过两肋的影子接近散漫,从无法企及的角度
抵达曾经的反光

宁　静

在镜子的背面，我看到众多的亲人
等待镀上明亮的水银

我答应忘记他们。为留下有关这个秘密的线索
转手记下：永恒，有毒！

暗 器

好日子穿过一片叶子,不知所终

这个冬天很冷,钥匙摊在掌心,声音喑哑
比一群鸟更有耐心,对一些貌合神离的想法
回避就显得虚伪,一只狗咬自己的尾巴

"下面该玩什么了?"

记　事

正月廿一，惊蛰，诸事不宜
雨悬于眼眉之上
当孤傲磨成一种姿态，在无法企及的角度闪烁光彩
我为自己的被动感到惊慌，所有的借口
全都被打上死结，一如河流穿越纸上的形态
留下颜色、宽窄、数字，以及呆板
我的汛期将在哪天到来
挟着漫天桃花，喊醒河谷，卷走舌尖上的泥沙
说出一两句能够麻痹自己的软话
在面向阳光的那一面
留下些许温暖

痒

我不能对着镜子想你的面容
不敢轻易喊出你的名字
在这个阴暗的清晨,所有的颜色都在房间里等候被擦亮
你恍惚着擦出漫天的鱼鳞,满耳的水声
刹那间开败。而现实就是:小心调养
谨防乍暖还寒。你一声咳,还是咳破了嗓子
树倒退半步,风滚过渐绿的莲池,身后有人喊:
酒肉穿肠

用简单的手工做件大事

用薄铁皮敲打一架小飞机,鸭翅形下单翼
双垂尾,为保持形状
把油箱夹在双腿间,把水枪收进机身里
用上儿子的学步车、奶粉盒、纸尿布,老婆的花浴帽
现在,只需要涂抹一些颜料
一袋烟的工夫,就能飞上后院
在空中找到北,这样就知道了我家
在地图上的准确位置

虚　设

千山鸟飞尽，更多的是飞越
焦虑、疏离、"寒山雪""人踪灭"的午后
阳光极短，翻晒的棉袄渐渐凉透了
露出隔年的颓败
这一日，上楼下楼，做不相干的事
枯藤上的小葫芦泛起霉斑
衬得灰墙无比妥帖
几年前的冬天，偶游香积寺
出门的一刹那，看见石碑上的古诗
想起身处隐士寄居的终南山
身后的寺院逐渐变暗

低　烧

一个月后,我写下第一个句子
"麋鹿就要蹚过积雪的山冈"
接下来,陷入绕人的虚无中

雪也是有灵性的,寻食兽的痕迹很快消失
我的脚印将作为罪证
残留在春天的那场雨后
这让我想起一个词:"有朝一日"

多年后,偶尔说到同一个冬天
北方某个陌生小镇
你我隔着一堵墙,将思绪延绵几百公里
疯长,却永远无法交会

苦行僧的袈裟

行僧在集市失去踪迹。众多的脸
浮起来漂成河流,水底有羊,旧的声音
每双眼睛都在妄想,不说话也不隐藏秘密
浮尘中一遍遍练习虚掩自己
而夜,还长。一千只青蛙从荷塘中出来
都在孤单

过荷塘，与荷失之交臂

如果开不出修辞外的微妙，荷花就是旧的
旧的荷叶、旧的池塘、旧的风景纠缠在旧的时间上
匀称得如一只黄蜂紧贴岩石，厌倦了飞翔
那么，我也是旧的，错站在山梁上
担心树林后的水洼，有的只是极度的自恋
靠一些措辞掩饰破绽
多疑是可憎的，它让事态略显忧伤，这有点过分

大暑或与一场雨不期而遇

暑气盛,再次冲泡的茶多了倦意,预报中的雷阵雨
滞留山外,无法兑现一场预谋已久的不安
随性地描述,终于使事态撕开一个裂口
诱发时间、空间上的连锁反应
找出不同、找出小差异,只是为了找到借口
坐实记忆中的假象,这莫名的徒劳事
荒废太多的时日,我已厌倦了不停地修改自己
午后,收到友人发来的信息
谈起旅途的颠簸,影像中的错觉,哪片出涧的云会是新的?
充满活力,迎接不期而遇的雨

一只鸟飞过

一只鸟追赶流云,像放牧,像被牵引
说走就走了,没留下痕迹
用什么诀窍抹去了过往,或在张望中又漏掉了什么
无端留下这恼人的空
这不是最漫长的正午,像这样的错愕
我曾经历过许多,往事就像一堆易朽之物
赴死似的,一段追着一段模糊
突然觉得这空又是丰盈的,一只鸟扑棱着翅膀飞
什么也不带,什么也不留,冷眼旁观
全无心肠

分 身 术

给自己念悼词,做鬼脸,说镜子里的人
心怀良善,唯缺敬畏,一脸的退路
不可交,退而求其次,可做酒肉朋友
各怀鬼胎又互有好感,微妙得令人愤慨
每一个清晨都在陷入崩溃
镜子里的人,摆出一副无所谓的表情
随意篡改证件上的旧模样
不再那么假正经、不靠谱,这该如何是好?
晨光嗅着床单,从一根发尖上
掀开昨夜的疯狂
趁着混乱,离开,把他彻底留在镜子里

不 讨 喜

大多数时间,做一些无聊事,漫无目的
不讨喜,不走到人群中间,坑蒙拐骗或循规蹈矩

"不作死就不会死",忘了从哪儿听过的话
很牛,说出一些人的日常生活状态

久雨,诸事停顿,一首诗尽快结尾,不再修改
花静静地盛开、静静地腐败

在 中 秋

"从山顶倾泻下十吨月光"
隔得太久,忘了出自哪本书
我喜欢慵懒随性的句子
像羽毛上拂过的微风,摸得着
看得见。所谓风花雪月
不过是用修饰手法,说身边的事
来去都是散漫,恰如月光散开
似真似幻,谁需对谁负责?
大如江山、江湖
不是你我所能承受之重
有什么值得琢磨的,不提也罢
秋风过后,东山就瘦了一圈
有些唏嘘,有些午睡醒来的无所适从
还有什么?明月当顶,已臻化境
痛感如流水,毫无意义

与一朵花对视

没有什么午后,有的只是途经
花静静开、静静落,美得让人窒息
突然想起疼痛也是身体的一部分
可平衡一个人的日常起居
不得已的半醉半醒
一场雨揭露出过多的残忍
有人在廊前唱情歌,跟斧头眉来眼去
有人在树下数落叶,点算旧城郭
数落自己藏不住的反骨
谁对谁的寡义薄情
只有一朵花,紧握来程票根
默念满地散落的好名字,晃来晃去的
旧场景,执拗得令人痛惜

明 月 赋

能面对、还不用怀疑的东西不多了
明月算一个
檐下的孤影人,最远看到天上的月
没看清墙下的树
灯火寂寥,她看不清自己
水鸟飞过江面,仿佛有神
一只轻轻掠过,一只缓缓旋起
白的雪白,黑的更加黑亮
两相对望,百无聊赖
枯到极致,江水终于有了河的觉悟
流出自己的形状
能面对,还不用怀疑

梅

多年前有位歌手唱道:"梅,我不让你走
我不放心你多病多灾的身体……"暧昧得一塌糊涂
在此之前,古典中写尽傲然与累
孤零零的苍劲,看似蛮有力量,却通体焦黑
一副不食五谷杂粮的讨厌模样
我喜欢歌中的那抹脂粉气,微醺,真实
就像穿过寒风,推开门的一刹那,眼镜上凝起的雾气
心就软了,多少温情都被我们亲手打碎
留一个太难了,坏春天也好过一场空蒙的雪
活着,就为了彼此照耀,触手可及

甲子胡同 18 号

凌晨一点的胡同,有一点寒冷
有些废烟头、冷火炉,低洼处水面上
看不见的光,有着心怀叵测的形容词
流进墙缝的游荡者、健忘人
白驹过隙,白驹陷在黑里,理不出自己
巨大的暗器,大多词语都组合出未知的神秘
夜里有下雨的迹象,只是潮湿
无关俗世悲喜,突如其来的感觉
让人有了一些忧郁,这黑成阴谋的胡同
也有着不为人知的故事
想起兄弟酒后嘟囔的话:我承认
我向生活妥协了
满腔的愤慨,混杂着莫名的伤感
这给了我极大的错觉,稍拐弯
甲子胡同18号,光秃秃的空地上
顺着风来的方向,有人在诅咒磨牙的狗

恍然如梦

"莫回首！在光阴背后涂上遗忘之门
并给它添上绿锈的翅膀。"*
你指着渐远的翅膀对人说留下来的扇影
一本正经，我看见你嘴边的笑："不用宽恕痴呆的人。"
下一首诗中，你将继续放逐那些可怜的灵魂
如此大的枯燥，容不得屏气凝神
冷盯着门外温文尔雅的人，想什么叫荒诞不经
这时节，雪压山头，最适合笼着炉火
捧一杯热酒，拨冗小酌
突想起那年春暮，拐山道，焚香宝相寺
撩帘幔的低眉人，或许，那就是佛陀幻变的俗世
每撇绿都饱含诗意

---

* 引自孙刚《无题》中的诗句。

等待一场雪

触手可及的大雪,坐在阳光顶端
第一次失去亲临大地的欲望
半是落寂半是张狂的脸上,写满虚妄
那些无端的烦恼,或庄重
或癫狂,从没觉得孤单
在一场怪异中,拼接庸常的繁华
"我们活着,没有什么依据。"
多么悖逆,我记下这句话时,略显慌乱
想着在这巨大的荒谬中,如何
置身事中,游离事外
就如同那场久不现身的雪
悬在我的头顶,那么真实的虚假
旷世奢华

制 幻 地

必须用一张薄纸牌,困住流逝的沙
苍老之前为你写上最直白的字
守住流逝中的美
灿烂的烟花,重复绽开在
无法喊停的空想中
群山依旧繁华,不合时宜亦不合逻辑
一场欢愉后陷入巨大忧伤
春天的蚜虫埋进秋天的风景里
破茧化蝶,飞过枯瘦江水
水面有鱼,对着天空吐出大团湿气
不放过施展诡异的任何缝隙
口含一句诗,迫切想要倾诉
可我找不到一块可以放稳它们的地方
慌乱中,我不停地跑
跑出更大的恐惧,不知道究竟想要
跑出一副什么模样,才能把紧张
彻底忘掉

无

无在下一句将以复数的形式出现
揭示哲学的不靠谱,意义再一次被稀释
像是一个蓄谋已久的寓言
所有的虚构,都将找出生活中的原型
拼出他们的不忠,崇高溃败得如此坚定
来不及拿眼泪布下相应的陷阱
我需要三分钟的清醒
拆解尽可能多的意义,理顺古怪的词语
小伎俩如何在无限放大的欲望中
和世俗磕碰,迎来一场两败俱伤的决斗

完全入迷的路

很突然地说到疲倦,说起断了纹路的牡丹
空鸟笼玩世不恭地掂量着意义
摆弄我的不安
这个时节不宜谈论爱情、安排琐事
适宜做梦,酝酿胆气,画出理想的行军路线
当初如何从枝头退回大地
现在就如何绿过对岸
磨掉的日子,总有讲不出口的苦衷
说什么洗心革面,定要逼出星点泪水
找出自己的不好
就这样罢了,那张看似光滑的脸上
除了一瞥斜阳,装不下半点感叹
那么多的声音秩序井然,早已与我无关

多余的言辞

偶尔落下的橡子,一半在观中
一半在路旁,未落的,一场雨后也会落下
划过微凉短发,回声沉闷
原本以为,重阳的山坡会开满菊花
三两个闲人携酒,应旧习
围坐树下,依稀传来的诵经声
迟缓而有力,略显晦涩
那些书中的东西,也就想想
所见的是采摘后的花茎、吃草的羊
没有蜜蜂,也闻不到花香
更没有返家的兄弟
看久了、待久了,再好的景致都成了俗物

桃　园

桃花点缀美酒，这才是最好的春天
树下微醺的人稍做休整，就该攻城掠寨
收拾大片山河
眼下，酒尚温，桃花正艳，雨水仍在山外徘徊
穿堂风依旧带着残冬的气息，
粮草、兵马、羽扇尚未掀起腥风血雨
敌我仍在漫不经心地发酵
诸英雄，幸与不幸，读过剧本再作打算
"谁也无法叫醒一个装醉的人！"
午后的桃园，阳光在枝丫上盘旋
鸟雀交换着风景，墙外的路人纠缠在口舌间
时间与酒，轻易地改变了故事的形状

醉　酒

跳过陈腐的章节，直接进入那晚的夜宴
跳过白莲池畔的轻歌曼舞、沉香亭前的牡丹
自鸣钟内马的叫唤，跳过这个沉醉的夜晚
咽喉有刺的人，佯睡，是一种考验
烛光乏了，反复敲打同一个身影
渐渐有了节奏，有了催眠的意识，面东的窗
清醒时吃下几缕晨光，咳嗽时
吞一些灯火，不想、不看、不问，神情古板
荷叶从淤泥中出来，沾满了绿
事态再一次被延缓，稍远处，有人暗演着
离别时的场景，在近乎纯粹的醉意中
只有那支笔收拢最后的光，有了些许脾气

果　园

收获，免不了要涉及它的民俗问题
说这话的人，移居终南山。几年前偶游香积寺
途经山脚，没发现隐士，也没悟到禅机
"乱世如白云过隙"，书上读来，终又还给纸上
遇见过的天才，早已混同俗人，奔波于柴米之间
塞给我果子的同桌，他的姐姐服药自杀了
当年冲着她的背影喊"橘子"，身后跑过破烂拖拉机
浓烟熏黑夜色，淹没了来去的路
后山上的大片果园，自成宗教
编撰着自己的快乐，这么多年来
我习惯了远远地观望，不想一头撞进它们的生活
离现实越来越远，这样，很好

冬日窗花

事关民俗的东西大多一知半解
很多次煞有其事地想要弄明白、弄透彻
最终还是一团糨糊,弄得索然无趣
不了了之。常常在同一类问题上陷入困境
由此怀疑智商在往回走,算减法
渐次归零。人生不如意事十之八九
有什么关系,混迹于人群中的妄想者
多像一个深不可测的隐喻
在虚构的国度里心高气傲
打坐、调息、悟道,在体内豢养狮子
在冬日的窗棂上预埋征兆
把每一朵花都放在枝头,每一片阳光
都调到最好

即　景

几个人登到山顶，转身往回走
不做停留，也不浏览山景，发狠往山下跑
每个人都像表面光洁的大蘑菇
五颜六色的，散落在山坡上，等人采摘、烹制
温补脾肾或麻痹神经
一只羊，无助地做了注脚
那只低头的羊，啃食着草根，嘴角泛起绿色的泡沫
脚下的脏影子短得像块石头
现在，羊受惊了，发狠地往山上跑
和那几人的距离越来越远
它爬上山顶，稍停，慢慢回过头，转身
警觉地盯着山下，那群人溃兵般瘫坐在河边的巨石上
抽烟、吐痰、大声吆喝
背风的山阴，一群采野菊花的妇人直起了腰

有关冬天的记忆

此前,楼顶是灰暗的,空旗杆上游荡着风
隔条巷子,吸烟女子的脸
浮在玻璃后,看起来很远,骑单车的少年
忽隐忽现,有点不真实。立冬后的第二天
天气阴霾,分不出明暗,感觉眼睛里塞满脏东西
一个上午,我纠缠在很远、不真实、分不出
几个孤立却又有太多关联的旧词中
简单的生活由此变得复杂
想着,下一刻,情况或许就有改变
一年中,这会儿我最关心天气
雨下起来了,楼顶渐渐被淋湿,有了零星闪光
窗上凝起稀薄的霜,类似某个不知名的困惑
哭丧着脸。如果,这会儿再来上一场大雪,漫天飞扬
万物在冰火中尽情燃烧,整个世界将被点亮

炊烟像是城市的过客

炊烟是存在过的,能确定的只有这个
无数个清晨或者黄昏
站在阳台,想着类似于古典的意向
能从城市某个角落不经意地升起
找出大树下的村庄
野草低伏,牛羊散步
坡上的男人走了一整天
也没翻过犁沟,云朵肥硕
鸟声稀疏,麦草与麦草堆隔河相望
在我苦觅佳句的同时
更多的炊烟打包离开村庄
有的相信了爱情,义无反顾地爱上镜框
有的种下大片的悠然和宁静
像是偶遇即散的过客

文笔山上

松林里挖兰草,已是多年前的事了
如今林前有阁,林后有观
人来人往,林间再也积不起松针
偶尔登阁,看到的和下面没啥两样
对面的小城新了旧了,江水悄无声息
阳光把山头分得明暗相对
谁看谁都不顺眼,满是嫌弃
在山顶,高度的变化完全可以忽略不计
一年中,不停地登山,走不同的路
只是为了换着视角看出故乡的辽阔
发现那些不曾注视过的感动
偶尔几次陪人去烧香
把人送到道观后,坐在院子里晒太阳
道士在诵经,道袍裹着细风
鼓鼓囊囊,分不清胖瘦,背影都有相似之处
反复临摹的清凉
看他们磕头、上香,嘴里念念有词
看后山的鸟飞去又折回
我喜欢人们面带笑容,心有所依
喜欢无所事事地神游,心无旁骛
流水般来去,每个人活得都像自己

搭 棚 记

"给楼顶的花草搭个遮阳篷!"这念头动了好长时间
却一直停留在计划中,究其原因,身懒是一方面
更多是贪恋上自由散漫。人近中年,多疑症无药自愈
几只羊上山下山,目所能及
圈养也好、放养也罢,没什么再好紧张的了
偶尔的迷惘,从没长过一支烟的时间
上周五,阴,是个做活的好日子
备料、立架、绷绳、盖棚
顺当得如同游戏,正得意,突然下起小雨,绿皮火车
委婉地游过去,恍惚了远山的尺度
从结果上分析,错的只是时间
眼下,夏天正处在我的胯间不上不下的位置
小尴尬滋生怨恨,随着嗔念的累积,迟早会消磨我的身体
嫌隙已经造成,不如趁着事发的前夕
扎紧绳索,固牢支架,接下来
除了等待阳光的洗礼,也没什么值得琢磨的了

长 廊 记

五月不是观水的好时节，连日的雨
也没能蕴开满江桃花，只有阳光热爱这个下午
热爱这片浮尘中的金黄，空荡与孤寂
一个人漫步在临江的长廊上
风声轻晃，透过脚底的缝隙望下去，崖石
淤泥、野草，退到底的河沿，以及
水底的残墙，一个时代退出舞台的旁证
隔江的小城，隔着距离生出变化
与陷在城内时的我，略感不同
是不是只有隔着什么，或者用冒犯、背叛
才能感受到曾经如此熟悉的生活
多了不一样的反光

读 书 记

"我就是那个叫马原的汉人,我写小说。"*
说这话的人,狂狷,骨子里透着自信和较真
我写一些分行的文字,有着手艺人对待一件好物件的
谦恭与胆怯,忧郁的人养不出明亮的好气息
我对自己厌倦至极
故事中的西藏有着迟疑的柔软,像极了故乡
营造出来的春天,马尾松开始返青,绿得无可挑剔
仿佛只需一个闪身,就能挣脱痕迹的束缚
好故事里总有自己的身影,像是隐喻
即便什么都不存在了,也能依附一段假象苟延残喘
记忆中的火车,无端游荡在错觉之中,机身锃亮
只有天是蓝的,云在涌动,酣梦中的村庄
有潮湿的雾气,每一个旧身体都是一个失眠的小国家
有着一些不切实际的小奢望,坏心情让人丧失底气
纠结的事物大抵不过如此,叙述中渐渐失去方向
平缓的山坡覆满地衣,试图平衡冈底斯山脉的景色
按照分解重组的做法,今天也不一定是星期三
那本书早已翻完,一节节地将触角缩回纸里
留下虚设与零散,修习虚空之术的人

---

* 引自马原《虚构》,作家出版社,1997年3月第1版,第1页。

矫情、惧光，雨水中有湿润的身体，下一刻
我会站在檐下，脚底是一片狼藉，肆意涂抹别人的白
在书外，人人纠结在关爱与猜忌之中，都在紧张

在 山 巅

又一片云朵挤进云团,隐藏起自己
像一首诗,把自己打开又合上,收起词的锋芒
亮出整体的肌理。阳光一个劲地往下生长
穿过没有记载的兴衰,半停止萌发的根
没有比反复拍打一个影子更为惬意的事了
抖去多余的肘骨,倔脾气
散漫的成长史,反复斟酌的小句子
今生的荣耀只剩下这些许仁慈
在山巅,在风的高处,放弃应酬的姿态
把时间留给想象,依次呈现的高度
不屑山下的万千变幻,安静着,守住压扁的自己

在 低 处

在低处，往事沉浸出腐朽般的雍容
湖水发凉，不必牵挂今夜的月光，勾出谁家女子的脸庞
又探进哪个花窗。想起一首古诗，幽暗的花香
爬满青苔的高墙，旧时光空有旧架势，掏不出"七八个星天外"
"两三点雨山前"的小精致，风声松弛
我该怎样压低嗓音，让鱼鳞般的灯火
都能织出思家的情愫，看一群流浪汉子的阴郁眼神
被妖娆的灯花擦亮，撒酒疯
说醉话：我多想劫上一匹西域宝马，赶回尘烟中的村庄

在桑园

沿用小说的描述,梅走向桑园时
迷雾正在掩去隔夜的露,蚕的磨牙声抖动着绳索
白月亮再淡一点就能隐去自己
蹲在透明的晨曦中,看见桑园里的秘密
到此,我对后面将要展开的故事一无所知
黑乌鸦跌下窗台,画出一道连续的黑影,探出头
它正悬浮在一朵罂粟上吸着花蜜
无关紧要的细节,或是停顿或是暗藏玄机
想要表达的还是关于生活的问题
在一些恍惚中我越飞越高,你皮鞋的尖亮
就如我暗恋的背影,涂着亮丽的粉彩,不与人搭讪
不屑理解我的清晰经历过怎样的灰暗
说到底,我们都不想那么谦虚,谈论高深的话题
外表冷酷、内心伪善,春天短如那场赌局
来不及轮到我发牌,人们就散了
多年后的午后,翻出那迷雾笼罩的桑园
木蜂在唯一完整的横木上嗡嗡凿洞
梅身姿轻盈,依旧镶嵌在这腐烂的清晨,这有些残忍
恍惚中,我们都忘了提醒她离开

雪下的村庄

每片雪都走着曲线,躲避零散的暖
关于村庄的记忆,我能想起的大多和农事无关
在山里,落雪就意味着歇息
和冷握手言和,围坐于炉火前,絮叨各家的零碎
用一场白包裹世事的荒诞
门外,几捆歪倒的柴火,倾斜半个院子
在雪天,能回家的亲人都回来了
没回的,葬在了遥远的山冈上。枯死的树林里
有不倒的残骸
或许,他们都曾预定过什么,这一夜
村庄里又下起漫天大雪,乡邻们做着相同的梦
亲人们低着头,朝村庄的方向摸索
身后是明亮的阳光

雪　意

冬日的小城相对狭隘，天高不过山顶
一棵小树就能穿过云霄，流露出旗帜的意识
作为烙印，火车横穿几个时代，却从没真正摸过
小城的脉搏，从一城灯火中或带着一车灯火
划过草木间的浮尘

在城中，我待得极其疲倦，安静又彷徨
愈发冥想意义之外的替代，渐渐养出狐狸的气息
满怀期盼，又怕验证自己
说到底，我就是一个失败之人，耽迷于前世的味道
又失措于今世的隐喻

昨夜又梦见大雪，从山顶铺到山脚
安身的小城嚣声尽散，颇有古意，却让我
备受煎熬

岁末书，或废话的忍耐限度

雪落北坡，南坡和我就是看客
别有用心的旁观者，寒风下，头顶空荡荡
辽阔至无物。没有什么是偶然
在山坳，落雪灌木下
流水如游丝，屈从于该面对的生活
小感冒，咳嗽是起因，也可能是结果
硬币不同的两面，旋转中
呈现出复杂性。雪中有冻住的倒影
说它隐晦就对了，你成功绕过陷阱
让系铃人无比尴尬，卸开关联
纠葛就是一堆梦话，找不出进退的路径

月食即将发生

每一次异象发生,随后的聒噪者旁
注定有我不屑的眼神
仿佛这一切都是因为我的旁观,而成为当年的焦点
这想法已经困扰我许多年
其实心里也明白,我不配指着一处山林谈家园
说断肠的话,和空茫一唱一和
东山上泻下的月光显出少许蓝,大团的黛晕着灯光
倾斜着夜,作为无数安静人中的一个,我学着宽恕
而往事犹存,人将绝望,在割月如绛的一刹那
恍惚在将睡未睡的灯下,唯有纠缠

月到中秋

再次写月亮,无非是探视、回访
积年的柔软,走到身体的哪个关节
人到秋天,该软的地方都硬了
反之亦然,唯有一副浑心肠,不知凉热
城里的月光仿佛来得要晚些
众饮或独处一隅,我总会局促不安
月亮依旧挂在天上,和古人一个叫法
一样的感伤,新诗和旧词
写尽欢饮与怀人
寄身的小城,耗尽方言赋予的力量
不再适宜游走,细嗅茶香
遛鸟人越转越远,借此涤濯南腔北调
山中的明月和我的明月有何不同?
银光铺地,同样的迷离
我徘徊在月光之中,谙熟飞行的伎俩
向南滑行三千里,仍在静观其变

端　午

孩子穿行在林间，采摘着露水
草木离开山洼，走向通往集市的路
这一天，到处都是湿漉漉的
比如：空气、粽子、心情
忧心忡忡的传说
一抹雄黄，定住穿窗的壁虎
那个白衣女人，远远地望着
就不再靠近了
江水无端地打了一个漩儿
破开薄雾的龙舟，前一刻还在蓄势
这一会儿已越过红绳
中间的部分，出于某种需要
由我们填充了信念和鼓声
那些容易忽略的细节
像是隐喻，又像是瓷器表面的裂纹
反复抚摸苍老的世事
而艾草、菖蒲，依旧香得那么清冽
闪烁着倾斜的晨光
而我，困在一段迟来的哀伤中
欲言又止，神情倦然

前　兆

许多时候，形容词左右着我们的生活
不彻底的清醒，停留于表面上的平静，其他的
我羞于谈论
久候的雨，没留下湿润就走远了
不真实反映了事物另一面
游荡的冷暖，没有比这更直接的了
接下来是顿失、失无所失，这一刻，我知道了疲倦
你们的无聊不是我的无聊
不是时针与分针的分分合合、赚噱头的假动作
世事就该如此简单，除却开花和不开花的
结果和不结果的，其余都是陷阱
有着莫大的寂寞

水　乡

零碎也可以是不朽的，在水乡，水系如根茎
交织着河道与房屋，光阴的残骸散落其间
一些人练习打坐、禅思，一些人游荡在街巷里
各有各的忧郁。月亮高悬，豢养幻想
安静得没了脾气，银光洒在水面上
人不动，影子也不动，一枝垂柳踉跄着挤进来
镜子就碎了。矜持是因为过于爱惜自己
"鸟一脱手就逃，枉费那么多的紧张。"
虚掩的水声，像风拂过扇面，沙沙作响，有些倾斜
有些躲闪，这感觉真好，在这慵懒的夜里
一个人醉酒醒来，许多事渐渐澄明，无心睡眠

东 山 下

山坡上的桑树如果能顺利长过初夏
就该挂满桑葚,显然
有些嫩枝等不到那天了,一个凉爽的早晨
被折下,经炮制,入药,味清苦
祛风湿、通经络、行水气,调理出满山苍郁
旭日挂在东山崖角,点染着山谷
春光中,植物们拥挤着向上、向下
在转瞬的光阴中苦练济世的毒
南橘北枳,这一点同样适用于东山
在山阳的一面,收割地黄、红花、决明、芍药
在背阴的一面,采掘人参、黄连、细辛
天遂人愿,俗世总有一面让人心存感激
就着山色整理半生的潦草
树上有巢空置,无视冷暖
像一剂药打翻碗,默默承受所有的罪责

隔着玻璃看月亮，能有什么答案

被月光惊醒时，它正滑下玻璃
像斑驳的老虎，露出发威后的疲惫
充满焦虑和不安，极不真实
远山苍茫，足够柔软
足够用某种白混淆某种黑
把粗糙质感，弄得毫无底气
彻底原谅与鸟鸣之间的恩怨
月亮依旧清晰、寒冽
控制跳荡的诗句说出各自的美
我又能喊出什么声音？
像月光落在掌心，攒足了力气
只是显得更加悲壮，能有什么答案
没落的瞬间

茶 之 情

只要我愿意,就能找出叶底的香
找出在茶陇间忙碌的人
在沸水中还原一场春天

茶山横亘在面前,春潮涌动
用铺开的绿回应天空的蓝

山风飘来,嫩芽在树梢上曼舞
一点一点吸纳天地灵气,渐渐睡去
梦见晦暗的午后,一刹那的芳华
满屋飘荡着春天的气息

行走在茶山上,看它们低头细语
做个好听众,心怀一种谦恭和敬意

我动,就是一缕微风、几句茶歌
山坡上飘逸的音符
我不动,就是一块顽石、苍劲的树桩
陪着满山的春色喜愁

等 风 来

旅途中,有的人走着走着就散了
谈不上谁和谁更亲疏
一场雨,总是淋在身上的记忆深些
作为旁观者,早已看够了
有用没用的雨点,过分张皇
让人忘记了雨真正的样子
山顶上有人造大船,拉缆绳
竖风帆,嘴里吆喝着
"等风来!等风来!"
风绕着沟壑,吹得肝肠寸断
"神在山上试风向,风在他的后脑勺。"
塘坝里祭祀的歌谣,啰里啰唆
唱的无非就是那句
世间的事,能握住的没有几件
午后的行者,看着孩子跑过柳絮地
掀起村庄上空铺天盖地
突如其来的悲哀

待 云 起

下山时,看见云仍停在老地方
感觉是被凸起的山尖挂住
去留两难。当然,这和我没关系
和低头行走的人也没关系
他们关心的是脚下的路
经过的桥,理性在三米之内张狂
远了,想管也管不着
偶尔有人说起云,说的还是
身边的某种物体
风一吹,散了,离开具象的参照
所有的煞费苦心,还不是竹篮打水
什么也留不下。我也无须矫情
妄谈更好的表现方式
被风弄散的云,翻过山
重新拧在一起,有了锈迹斑斑的实质
让人怀疑,有只管事的手
在那里翻云覆雨

在 林 间

所要找的风,藏在山林的波涛里
沸腾中渐薄渐凉。逃脱宿命的也有
譬如,林间打坐的石头
黑得忘了存在,忘了轮回
这有点可疑,石上也有萌发的生机
蔓生的苔藓,石缝中的杂草
春天也会开出短暂的花朵
铺开明亮的比喻,也会遵循四季的时序
体悟人间的冷暖,与牧羊人为伴
称兄道弟,与斧子为敌
活得谦卑又坦然。唯有沉默
才能发现低伏的虫鸣、隐匿的鸟群
采药人遗忘的锄头,锈蚀中
有了绵绵的暖意,在林间
无端地爱上那些繁杂又细碎的欢乐

汉 陶 风

陶胚在火焰的焙烧下，散发出
黑铁般的光泽，给人一种极大的错觉
仿佛日后将要举起的盏
是承天受命的印符，端在手中的
也不一定就是茶水
是那种能让人沸腾、抓狂
活过一遍还要活的矫旨
偷天换日的灵丹妙药
扑面而来的汉陶上，泛出古玉般的凝雾
微溢的茶水，像是跑动起来的草木
正在靠近雷声，古词的语感
在一杯热茶中渐渐柔顺
映出制陶人手心绽开的器型

不 道 破

紫阳阁下的石梯,爬过很多年
每次都累得想骂人,再也不要登上
山顶,看什么了无新意的风景
却从没数过走了多少台阶
无聊时,也曾想过其中的原因
不外乎两种:懈怠
或者说不屑一顾,有些自找的麻烦
没必要那么委屈
有人上山,有人下山
走得那么心不在焉。义无反顾
无法逃脱宿命,那就用不着去道破
风是沿着哪步阶梯走下来的
云又是顺着哪道缺口升上了天
就那么静悄悄地走,被山色掩盖
走成一团莫大的隐喻

光 影 误

作为光影的猎物,我同样逃不脱
追捕绞杀,这粗暴来得
让人不知头绪,疲于奔命的游戏
我缺乏这方面的演技,还是藏起来
藏在一片树荫中、人群后
做个糊涂虫,咫尺天涯
我对你们已经没有什么可说的了
沉默是个莫大的空洞
什么都没法做,什么也做不了
柴狗无声地在那儿龇牙
提心吊胆的那一口,总会咬在
某个倒霉家伙的腿上
无处不在的守恒法则,摇曳着荒诞的
旗帜,曾经很多次想要涂上
"谬论"两个大字,颓于不了了之
途遇的最后一个问路人
有断臂的锵然,消失在大雾里

月 亮 词

把月亮写成符号，对峙中的重叠
消解与分裂，余情未了或庸人自扰
流水缓缓驶过了山口，收拢又散开
如愿以偿地抹掉过往
不再惭愧。一撇月光，就撑高了桥洞
所剩不多的幽静，风一荡
声音就出来了，水面上卷起细耳
透明的脆骨映出起伏的山水
草木危悬，石壁耽于细节
和为数不多的静物。安静都是想出来的
月亮也一样，有谁听过它的声响？
那些无用之物，我曾见过许多
它们都有着易碎的完美

观 月 记

多年后,散落在东山上的月色
有些长出了翅膀,有些开出了花朵
那些重叠的美好,都有着
我所喜欢的腔调
接近月亮初升时,隐隐响起的钟声
渐凉的香炉上
月光微微向西倾斜
穿过毫无防备的虫鸣
阴影漫长的秋夜
这些语焉不详的隐喻,说到底
不过是楼前陷入晦暗
远山又困囿于空寂
世间可用的月光都有定数
用一次便少一次
这秘密,谁都知晓,却从不说破

有　耳

自认为看透月亮的人
活在自己的月光中不愿出去
譬如："对影成三人"的人
一个我，一个是你，另一个叫
莫须有。总觉得抓住了那条
小尾巴，顺藤就能摸出瓜
接下来就是、会是，空欢喜
一厢情愿的想法，就像一个贼人
翻过墙就逃之夭夭
"手指月亮割耳朵。"
小时候常听见有人说这话
却从没怀疑那把刀子
究竟藏在哪个影子里准备使坏
他又该是第几人

腹　线

月亮升起之前，我们做着什么？
显然，飞驰的火车撬动不了大山
鸣笛之际，我还是看见
山脊颤抖了一下
那年地震过后，时常有种错觉
莫名的晃动，暗自归为
无时无刻的焦虑，影响着我的感知
愈成熟愈恐惧，这不是好事
我假装高兴起来，假装像
真的一样，高兴地过着
索然无趣的傍晚。临江的长廊
弯出初孕少妇柔美的腹线
廊道里走出的游人，一个接着一个
消失在夜色里

有　藏

大多数时候看山，心里想的
还是其他事
山有多委屈，我不知道
人有多烦躁，算是都了解
心口不一是恶习
也是赖以生存之道，无解
总是活在焦虑中
这是病，却无法治
无法从虚返实，耗尽秋风的
树干，有着多余的苍劲
茶水凉就凉了
温过就是另一番滋味
另一段浮生，相看两生厌
越怕失态就越矫情
何苦再用清白的这半日
稀释废掉的那半日

鳞 甲

夜色中出来，游人有了新的脸
一半端庄，一半愈发消沉
仿佛是画中走出的人物
不问天意，不猜人心
宗教般的拘泥。露气越来越重了
河水终于有了些许回响
夜泳的人上了岸，抖落鳞甲
把风景还给了风景
半生都做着虚无的事
何妨再试一二。水鸟催动江风
盘旋而上，绕过银杏、枫杨树梢
陷入无边的冥想
月亮倏然出现在群山之上

河　水

独坐如临渊。月亮再次更改了
成熟期，反向而行
终于不用再作任何交代，无疑是
幸福的。时光如果能倒流
方言中的思维，总是满怀善意
满怀包容，跻身于暗处
保持倔强的土性
河水里有人说梦话
眼瞅着，水涨水落、裙裾宽大
朋友和敌人，同船而过
雨水有同类的低音，三千里野性
只剩下谁打扰、打扰谁
看不见的地方，算不算是遥远

地　衣

地衣在雨中肥硕，邻居间开始走动
传递雨中得来的消息
一字一顿，胖得喘不过气来
说话间，一人就睡着了
忘了客人正在攀比裙边的花式
羡慕她的富态。雨珠在门外凿井
趁着好时间赶工期，单调刻板
没有觉察体内的呼应
稍远处，一人冒着雨过河
流水卷着浪花，慢慢描出龙的文身
最大的旋涡里，绿苔肥厚
芳草蔓合，有人晒着无尽的阳光

暮　色

雨中的暮色有陌生的浓稠
视线自然就短了三尺
山水退了三丈，瓮儿山退得更远
卸下浮躁和喧哗，像个发愿者
抽身寻访道的虚实
这或许是一个转折，重新温习
熟悉经文中不一样的地方
找出隐晦字句中暗藏的光芒
雨悬在枝上，每一滴里
都有无法抉择的坚守与放弃
辗转反侧的大忧伤
雨季盛大，植物开始了新的生活
重新界定悲喜的意义
新想法不时跌入旧水洼，悄无声息

白　鹭

白鹭有时候是植物，长在树上
飞翔的是影子，比实物还要魅惑

携酒徐行的客人
有挣脱束缚的肉身，他一摇一晃地
朝着树上走，快要接近白鹭

树冠下的云国，有无所适从的柔软
拥挤的花朵，盛开着各自的孤独

远处的鸟群，发出同一种腔音
穿过雨水，留下松散的回声
他用一把梯子，搭上云头，就要接近白鹭

白鹭，停在高高的树冠上
像颗成熟的果子，看着穿过
云层的木梯，眼神一次比一次冷漠

月　亮

雨中的月亮，会是怎样一番景象？
说着话，那人消失在街角
我俩之间的距离，就隔着那句话
现在，他轻轻松松地走了
包袱扔给我，留下两难的悖论
见缝插针地生长，纠缠得人头疼
我所期待的秋天，一场雨
就解开了其中的关联
像是一场预谋已久的哗变
主角刚刚上场，故事就走到结局
还要不要叙述下去？
鱼群又一次从眼前游过，拍下
我的呼吸器，隔着头顶清澈的流水
我看到了遥远的湿月亮

桂　花

不妨换一种方式，表述
"秋天的忧伤"。桂花悄然开放
比前日道观所见，多了自由的意志
坦然地活成一个意外
花开一半就够了，看不清的物事
有持续的美。年轻时看枫叶，枫叶似火
能想起来的却只有那场突如其来的雨
雨水中，羊群下山，白雾出涧
一来一去，满山滚动着白
找不到出路。我想描述一场秋天
写下的只是某个场景，近山纠于轮廓
远山有疲于解读的累

有　影

漫长的雨季，持续诱发妄想症
需用最甜的浆果、最烈的酒
以幻制幻，平衡敏感的想象力
秋天越来越深，月亮
还是一个无限空置的名词
清冷又决绝，偏于自身的情趣
背风处，树木仍在缓慢生长
蓄积过冬的阳光
没藏好的火苗，不小心燎红叶梢
满山照映着你的美
风来，风又去，山崖上幸存的树
看够了山下失重的秩序，养出
一意孤行的倔脾气

火　车

我想写部有关火车的剧本,其中有个镜头
一个肥硕的女人盯着夕阳,然后是火车钻进隧道
画面全黑,一个个车厢亮起来
这个女人和整个故事没有一点关系,或者说
她就是一个符号,空镜头中的喻体
贯穿整个影片。当然,你可以想象尽有的可能
但这和我没关系,我所能做的想做的
只是保留她的存在,其他的和我又有什么关系
顶多是一个肥硕的女人踏实地坐在那儿
让人放心。关于火车,无非是越来越慢
再没跑出第一次的速度,尽管它依旧亢奋,呼啸而来
呼啸而去

小 城 谣

方志中的城垣，才是小城该有的样子
轮廓规整、线条拙朴
城楼下的石阶，几笔便点到深处
红衣女子从小巷里走出来，站在东边的城门下
灰瓦白墙的房舍正在消失
旧址上，一座座新起的高楼
把小城的天空，分割得不像样子
戏文里的唱词：刹那烟火，转瞬流年
说的大概就是这种景象吧
好在人们依旧说着方言，沿袭着旧的习俗
山腰紫云宫的梵音，依旧充盈在
小城上空，澄定着心神
远与近，新与旧，大概都是生活的样子
女子止住心慌，小心翼翼地迈出脚

桃 花 令

敲你的窗,有人探头说:
"摸着香,我也能走出去。"
我看见眼底的那缕真相。桃花阵里全是牡丹
富贵逼人,住大把妖精,发酒疯
说醉话,魂不守舍

患洁癖的病人,失去赖以生存的
折腾,有一搭没一搭的世俗让人怀念
你眼神忧郁、面色洁净
隐忍是无话可说的那点颜色
跑不动的那份安静、压低的嗓音

月 光 辞

"有什么分别?"无端响起的喃语
消失在空寂的夜色中,好没来由
假象也是事物本质的一部分
镜面上撩起的反光
你找出说辞,转瞬安抚了自己
东山上月色温润,宜倦怠
适合在透窗的银白中
缅怀些许遗憾旧事
山风吹过草木,起伏的弧线下
谁将搭上秋天的列车离开
谁又会选择待在原地
随着月光,一茬一茬地重返山谷
这填充,如此圆满,如此空洞
遮蔽了季节的边界
有些伤害,像是满怀敌意
却又内心慈悲,无意识的冒犯

在 清 明

对这节气,我永远都是言不达意,能做的只有
学舌,保持谦恭,来去都有古今的字,容不得由我发挥
说不合时宜的话。桃花苦寒,悬在开与不开之间
站在山的阳面,坡下走过我的熟人
淡如虫影,保持抽烟的耍酷姿势,不屑打量我的谦卑眼神
风一荡,空中飘满碎片,那身虎狼力气都哪里去了?
我一会儿想从前,一会儿想现在,想得两头不讨好
乱了方寸,不知道该如何停顿,才符合当下的心情

春天的生活

春天每个晴朗的日子
王小丽都会通过关垭
去秦地长安镇里采春茶
傍晚又穿过洞口,回到楚地的家
为了生活,候鸟般穿省跨境
像牌坊上的"朝秦暮楚"
那样活着,也没什么不好
站在茶山上,可以望很远
望出茶街上黑瓦白墙间的差异
红衣女子翻开卷起的幡
石牛河映着阳光,悄无声息
看着想着,腰间的茶篓就满了
下山,总让人满怀欢欣
经过茶庄门口的时候
从红木货架上的茶盒中
她嗅到了自己的气息
外地老板待得再久
说起俚语依然像讲笑话
寂寞时,她也爬过广场上的长安塔
登上顶,发觉羽峰山上的陆羽像
也不是那么高
不仰头看起来更亲切
像极了邻居大伯

山　中

左拐几步，途中的寺庙就远了，一撇绿檐角
诠释着一种静谧的存在
山中，除了岩石、植物，介于其中的便是路了
上或下，偏左，偏右
稍不留神就陷入立场的泥沼。游戏总是玩的
一点都不正经
终归无法再做一个简单的人了
山风摇晃着流云
秋天的阳光还有多高？我开始想念留在山上的身影

岳阳楼下

题诗的人并不知道以后的事
沉潜的脆弱,拉出不该有的距离
明知江山空负人,还有梦长醉,骗自己
守住硕大的阴影
这是一场冒险,在字里行间描自己的痕迹
想这潮湿的梅雨,如何才能辉映出内在的光
寂寞之下,有多少佯狂可以倾斜出
点石成金的重量

等我追到楼下时,盛事早散了
遥对君山,黯然神伤,墙上酣畅的题诗
守住那一段不确定的时光
迁客骚人不会了解一个无名诗人的感伤
心存侥幸的才华如此不堪一击
"命里注定,一生被一行诗反复折磨。"
这精致的拘禁。我只能反复临摹当时的心情
小心接近他们内心的凉热,多想
来一场突如其来的病啊
趁着疼,割去这解不开的绝望

千年之后

天至岁寒，收到蜀人杨然寄赠的诗集
冬雨正小心地爬上远处的山巅，盘腿坐下
稍歇息，绕下看不见的河面
阳光灿烂时，水的波光辉映着鱼的剪影
很静，从一个额头翻上另一个眉梢
听山下人喊锄草汉回屋吃饭
吠声渐渐响在房后的竹林
昆虫奏响的乐章戛然而止。而此时
只有文字照耀着冬日朴实的生活
牛羊在各自的段落里探出头角
回望着春日的青草，乡音滑过指尖
在下一个章节再次出现时
依旧脆亮，老岁月斜靠在炊烟旁
纠缠在酣梦中的每一个小细节
"千年之后，巨石上的我，
将是什么样的我？"*将以怎样的
一种魄力倒转乾坤？宴罢旧友
出蜀道，过秦地，望着道旁依稀熟悉的身影
咿呀一声，拱手一笑，拍马回头昂然而去
迎面吹过的风，送来爽朗的气息

---

* 引自杨然《千年之后》，重庆出版社，2003年1月第1版，第186页。

行走中的锦

仅仅是一撇檐角或甬道上的一片绿荫
也可以是清明时乌镇荡过的小船
水光穿过树枝,映在老旧牌匾上的潋滟
"没意思!"景点莫不如是
说这话时,锦正辗转赶往下一地
假装还有希望,这念头多少有些别扭
让她想起那年初夏,甘南颠簸的石子路上
薄雾中走进又走出,回声嗡嗡作响
鬼天气,翻云覆雨,短短的一截
就医好现实中的灰头土脸
鹰在山尖盘旋、俯冲,一次比一次迅捷
在路上,一朵花转瞬开败,谁都来不及忧伤
天边还剩下一颗星子,一切都还来得及
趁着微醺,谈一场前世注定的恋爱吧
爱路上的每处风景、每片云,春光解救的人
以及玛尼石上的一段经文:
"你不是过客,而是迷路的孩子回家了!"

极地之侧

"对一切都不满意，只相信自己制造的，
甚至连这也怀疑……"
乔复述这话时，日头隐在云后，三月
隐在字里行间说绿，那些私欲，烂在碎冰泥里
肤浅的劳累。而蹲在眼里的远山、白杨木
榆、落叶松，辗转着新生
雨，沿着叶尖划过山巅，翻腾的云
划过半桶废弃的水，有点瘸，而我喜欢这些停顿
胶片空转时的噪音、一饮而尽的恍惚
无话可说时的闷

许多人终身是痛苦的，近乎透明的蓝
淡得认不出纸上哭过的痕，生命于草来说
只是隐藏的数字、经书中的梵音、微弱的掩面而泣
而那些寄居在肋骨间的暗的果子，作为过客
晃过这页，就会很疼，很小心地消失
那些聒噪、腐烂的嗓音，那些体内的花
左手、右手上的断纹

浅流汇入掌心，翻过指尖失去踪迹
阳光穿过叶脉，艰难地流向你

差两分就是过去

谦恭或许是一种礼节。必须考虑转瞬的
恍惚、笔误、秒针上的斜视
白日头挂在盘羊的角上
堆出油彩。这些都可以忽略不计
站在门前,忘记接下来的动作
有人开始模仿你的姿势
有人熬一罐苦药,握杯清淡的茶
看蜘蛛爬上爬下,就这工夫
卡夫卡走进城堡,一些人忙着准备铅字
一些人练习斩人落马
古钱说:反顺都是命,听天意吧
花,就开了,你是好色之徒
喜爱一切有颜色的东西,喜爱憎恶
喜爱逃避,喜爱在有雨的中秋
看月亮出现的方向游出黑鱼
这些还是可以归于无耻
心底黑暗的人,只想搂着石头过冬
差两分就是过去,晚点的车开出站台
你试着体验准点到达的喜悦
试着一匹马跑出一群马的气势
试着看一支快箭,在身后练习敲门的姿势
其他的可有可无

渡　口

我们不是河水，靠流速、落差驱赶身体
靠手中的桨驱动船，是跳动的子弹
以决然穿透决然，穿透你
谁也没料到，我会落荒而逃
这再次成为一个笑话
"总有一天，你也不能驾驭自己！"
有什么动了一下，我不清楚，只是感到不安
空渡口上，有水面飘来的腥气
鱼在看不见的层面，以与我们相同的形态
活出一个个圈子，一条破水的愣头鱼
用反叛的姿势给河谷一声脆响
接下来继续逃，逃不了的逃有着怎样的话题？
我准备和你进行一次长谈
用我们能沟通的语言
聊聊门外的世界，究竟隐藏着多大的秘密
宾客翘首之际，面对满屋的食材
我却无力炮制出理想中的盛宴
这像一个莫大的讽刺，再次验证了
小人物的不可托付性，不可预料的闪失
总会在无法预料的地点出现
给你迎头一击。从船舷望出去，河水平滑如绸

乍起的皱褶不过是冬去春来的偷梁换柱
亦如我喜欢空寂中响起的破裂声
它独爱这份安静，包容浊水的流窜
这不是一种性格使然，故作的冷静中
我们都在暗自发颤

小众月亮

月亮终于缓缓走进视线。脚下有影,苍髯如戟
莫名其妙地扭着曼妙身姿。"唉!"
身旁的树弯了弯腰身,再挺直时
老如我的老父亲,盯一支烟落一鞋的白
我们早已习惯在回忆的姿势里发呆,放任自己
更远的地方是把椅子,许多年过去了
坐成了自己,现在它身披虎皮纹
看我站无正形。梦游者站满街角,放荡喝酒,小心言语
说:消失,就是小心翼翼地躲在故事里,谁也不道破
这让人崩溃,叙述不是来回倒装说简单的事
不用假设,问题在熟悉后变成形式
就如一个小众月亮,蜕去堆积的浮光
直接给人答案。"沧桑"大多数时候还是一个词
来不及叫喊,它已越过了你我

说月光，中秋将至

月光下的兽有周身的角，几只刺别人
几只就扎自己，剩余的拢在一起，炮制成药，沽酒
醉他个昏天黑地，说胡话，说一地的月光适合做解剖
分出明暗变化，一层一层的凉热
说一缕月光穿过缝隙，拽住游动的蛇
树荫下风声羸弱，接下来，说粗粝的圆木桩、木栅栏
漫山的私语都被隔开，月光为我刷上黑条纹
现在，我就是那困兽，四周是银白的光
什么都看得见，又什么都看不清楚
没有风推银波，江水就是一面空镜子，没有美人
做梦，没有虚构，只有拥挤的多余
扭曲的伸展与紧缩。现在，你们在外面，我在里面
隔着距离观望，感觉是那么亲切，也就忘了相互指责
都安静了，恍若一群废弃的雕像
有着金属的质感，没有金属的硬度
像月光下的秋天，空有外形，养不出眼底的冷暖

午夜牌局

一切都是过程,只差半步,我就看见你的脸
穿黑衣,坐在灯后冷笑,左手出牌
打破死局。疯掉的诗人开始叫停
抽烟,喝清淡的水,破口大骂不合脚的鞋

光,终究要飞散,为你指路的神
幻变出比血更黑的死寂
我提早上路,一再错过花开的幸福
怒放中的痛苦与欢颜,不确定的终点

我就困在你的眼神之外,看一张张牌
一些痛纷纷上路,莫名地慌乱

坐在明亮的灯后,握着不可把握的牌
打出不可预料的结局
那些深藏的变数,孤寂的旅程
那些美丽的谎言,不可言及的爱情
那些短暂的天涯伴侣,风中跳跃的火焰

那些不可靠的字，虚拟的王冠

"除了相爱，我们一无所有！"
从最短的一次恍惚中醒来
你扔出剩下的牌，望着对面的人大声地笑
流出眼泪，开始绞杀搁浅的鱼

诗意地迷失（二首）

1

只是道具，这点没错。我回到
荒野，但失去了植物的颜色

书法与书写之间是生活的差异
一种方式被另一种方式轻易斩获

诗意地迷失，喑哑地低吟
空药瓶塞满秋天，有话也不说

空转的搅拌机、甘草、废火柴
不经意的影子、窄窄的云

没有什么让我以另一种姿态出现
更让人无奈，一恍惚，鹰越过了山尖

2

端杯茶就会安静？关上门窗
深陷在打结的疑惑中，像隐士，在内心的

沼泽里计算得失。雪从竹尖上滑下
遇节而转,面目全非
无意间抹去那些惊慌失措的字

"在上面、后面、下面,在真空里
在近乎黎明的近乎无限之中。"*
脱皮人提早躲进冬天

---

* 引自法国作家米兰·昆德拉《被背叛的遗嘱》,上海人民出版社,1995年12月第1版,第1页。

退 回 去

我想描述的只是某种感觉,一个孤僻者的
自以为是,现在,我开始写字
点燃烟,拿捏坐姿,其实心里也明白
这只是一种噱头,告诉别人我准备干什么
与怎么做、做得好坏、事情的结果毫无关系
亦如手艺人制作鸟笼前的准备工作
和工具、材料,亲热地寒暄,牢靠关系
但这并不能保证作品的品质
有多精细,有没有繁复的花饰,是否和鸟浑然一体
这些都不重要,关键是有没有门,把一只鸟
关进去或者关在外面,和这世界浑然一体
这还不是最糟,作为一种失败的表现方式
空鸟笼有晃动的不安,无法界定的寓意
重复、焦虑、无聊透顶,对某种事态的毫无经验
逃不掉还想逃的无赖反应
无时不在的正反面,不存在得刚刚好
退回去,我的字写到还没被模仿的早晨
什么事都没发生,想象也不那么美妙,大好时光
尚待挥霍,悲伤或死,还是一件挺远的事

在一场忧伤里发呆

浮华的尘世总有不可轻触的脆弱
"世界变得越陌生,生与死的模式
也变得越复杂。"*每一个尝试
都在不断重复老路,离自己越来越远
漫长的一生就靠这些散兵游勇的日子
去攻克,去困守,去失而复得、得而复失
像飞蛾不停地弹翅上的灰

仿佛登上一艘扬帆的船,画地为牢
河神虚坐在船舷上,念叨着怪异的名字
应声而起的暗影
蒙面孔,行旧礼,讲述着趣事逸闻
看他们幸福着,在光斑上磨出大片痕迹
我始终是个局外人,游离着
像场不合时宜的冷,无奈地盘旋在阳光表面

其实,没有别的,正如花开花败
可以操练矫情,适度忧伤,耐心等待

---

* 引自英国诗人T.S.艾略特《T.S.艾略特诗选》,四川文艺出版社,1992年1月第1版,第71页。

白　雾

如果不是走得太近,你不会发现
那些翻腾的白雾,竟是被
几只鸟的聒噪搅起来的
沉寂的生命被强劲的心跳稍一蛊惑
想要挣脱束缚的力量让人震惊
它们从根茎、叶梢、绿苔上、岩石里
腐败的枯叶中和所有已知未知的角落里溢出来
以一种不可阻挡的气势
征服沿途经过的村庄、农田
所有美妙的声音、熟悉的眼睛

时间只有在自由的流动中才是真实的
才能摆脱具体形式、事物的参照
而不像易碎的花瓶,以光斑的暗影
暗示生的开端、死的灭寂
一切始终是当下,而非过去和未来
原址上不断竖起又倒下去的旧景
结束前欲说还休的悬念
下一秒的描述只会让上一秒的表达蒙羞

白色的雾,搅乱了将要滑过去的世界

那些高贵、低微的光亮
想要征服却无从把握的现在
以惯有的缄默保持迟钝,而另一条路
在运动中以运动的形式眨眼即逝
只有音乐在静止的原点上暗自旋转
不借助外力,不想融入这个世界
寂静中开始,死寂中结束
固守着已有的独立,不需要相互依存

在一首诗里说秋天

当那行归雁数清时间、数清天空中交错的缝隙
我就该出现,从植物的根系中慢慢溢出

不,不是云。云有高贵的出身,一场雨后
山腰间飘出那些有灵性的小兽,追逐中混为一体
忘掉自己。我放弃不了,为找出那些模糊的东西
我翻遍了整个土地,现在,我想升上去
升上天空,拨开眼前的浮云,转身看来时的路

又到八月,又到生命中错不开的忧郁月份
幸福和沮丧一同袭来,该赞美还是诅咒?
满眼的灼热中,哪些是正确的错误?
哪些又该是正确中的不确定,不可说的微妙部分?
其实,这一切与我关系不算太大
我不过是秋天里一场带来阴霾的雨
随风而逝的焦虑,该发生的终究会发生
我喜欢镜子里的那个自己,守口如瓶,讳莫如深
苦涩地笑着,不可更改的叼烟表情

在一首诗里说秋天,说身体上的残缺部分
说镜子,说镜子里终身逃不脱的人,错乱的幻影

隐秘，压抑，温顺，无法流露的苦闷
已经过去和正在经历的呆板人生
不可修复的数据，无法更改的错误编程

我想起我来做什么。飘在空中，只为看清脚下那些
曾经虚浮的根，现在它们都成熟得有些陌生
露着我不熟悉的表情，生铁般冰冷，喑哑无声

失神引

舞

陌生是常有的事，问题是找不到钥匙
打开你的痛，这让我感到耻辱
第二段音乐走一小半，习惯了错觉
孤独是装饰还是象征？软弱的成分、卡住的表情
从秋天的树后轰出乌鸦以及居心叵测的声音
你的夜晚如同一片羽毛，无法平静

抽烟的人成为风景，你我是旁白，在另一条线上
自生自灭。说再见，说十二点的孤寂、猫的爪子
楼顶的风声、大段的煽情，没觉得可怕
鸟飞得太高，我看着山尖，它看山外
都美，都不哭，为了生活，我们忘记了愤怒
而今，安静下来，纷乱的头绪归于一些温柔的事
你的名字又一次出现，清醒是无法医治的痛

从窗户往外望，对面是奇怪的厂房，作为诗句
为它装上齿轮，你我是螺丝、机油、幸福中的灰烬
无辜的刀锋、无法回避的眼泪
不靠近空气，你我都是洁白的。一只羊调整着构图
意料之外总是不朽，突如其来的旧词
无法摆脱的恐惧，这些都可以放心虚构

在 小 城

接下来说的话,只会发生在和茶有关的地方
但不能是茶馆,那里面坐的全是人精
絮叨只会暴露我的浅薄。五月的小城多雨
好久没去对面爬山了,"在城中,我待得极其疲倦
安静而彷徨,愈发冥想意义之外的替代
渐渐养出狐狸的气息,满怀期盼,又怕验证自己
说到底,我就是一个失败之人,耽迷于前世的味道
又失措于今世的隐喻"。其实,对于任何城市
我都没啥想法,住下或离开,都会淡若尘烟
关心我的只有父母、妻儿,朋友偶尔聊起
某个人的格格不入。在这里,人们用方言交流
一种近乎川音,夹杂着湖广俚语的西南官话
你猜得没错,移民的后裔,清朝湖广填四川的产物
久远的词汇正在消失,新兴的习俗正在兴起
生生死死,一派欣欣向荣,好不正经
闲时,我写字,写一些没经历过、但想要经历的事
绝不写当下置身的生活,总之,我写的事
全是臆造出来的,头脑发热的后遗症
低烧,对,我喜欢这个词,那感觉让人着迷
对于安身的小城,我曾命名"下东山"

没有什么特别的含义,一定想要探寻究竟
只能说曾在某本地方志上遇见过它
一座山丘的名字,地图上淡淡的一条,像是泥中的蚯蚓

飞机从头顶飞过，和我想象的不太一样

飞机飞过头顶时，我刚浇完最后一瓢水
对于这个季节的植物来说，活着，是个问题
花木我知之甚少，能做的只有这么多了
看着花木萎靡的样子实在痛心
还是说点别的吧，其实
也没想好说点什么，许多事都是靠道听途说
一知半解活到现在，有点负担
身后，是曾经写过的太阳能热水器
"有红色、蓝色、白色，和周围的野草相比
它们都不再鲜艳"，有关这一节
同样没啥可讲的，当初轻信了工人们的聒噪
以为就此倒转乾坤，谁知它从没打算违背节气
接下来我想说说野草，那些卑微的旺盛生命
拔了一茬又一茬，依旧挤满眼睛
有时想，都不容易，倔强地活着
只为证明一些虚妄的东西，是不是有点过于矫情
在稍显宽敞的角落，有把破旧的钢管椅
风磨水洗，早已锈迹斑斑，得找东西垫着
像古人一样，正襟危坐，看北斗七星或者午后斜阳
远方的山岚有我不曾涉足的土地
想起来令人伤感，太多的已知

失神引

过早消磨掉我的勇气
自打东边立起高楼，我就再没见过
朝阳下的绿皮火车，那些本不适应陈腐教条的莽撞盒子
为了某些硬性规则不停地奔跑
只为掩饰内心无法回避的躁
在楼顶，一切都是那么安静
风顺着一个方向吹，浇下的水不经意间消失了
空水桶上盘旋着细微尘土，无时不在的自由与散漫
飞机从头顶飞过，它和我想象的不太一样
没金属质感，跑得也慢
像蠹鱼游过碎云堆积出来的纸卷
留下短暂光斑，其他就没啥交集了

手边有本《昆虫记》

在认下更多的字后,我转而学习如何忘记字的
含义、逻辑、约定俗成,充分享受起
想入非非的快乐。绿色的蝈蝈,对
我现在开始使用某个女诗人的句子:
"我摆动着触须,在房间里走动,吐出的烟圈向上,
推动这一天。"*耳边荡过一阵波斯飞毯穿过云层的声音
当然,你也可以选用螳螂,或任何一种虫子
从身体上飞过都比一个事故穿过更容易让人接受
老风湿总会让人想起许多其他麻烦
和你说这些时又有一只虫子飞出了大脑
它没有风火轮,但那金属的光芒还是灼伤了我的眼

大多时候,我依然习惯刻意保持旧的模样
以便在向你描述时尽量和证件上的
那个自己阴沉的脸相差不大
这是辨别真假的最好方法,八只脚、一对坚实的鞘翅
上面涂着明艳的斑点,如果恰好涂有
五颗将星,也绝不会像那骄傲的将军一般招摇过市
因为蜘蛛杀手总是蹲在墙角想要干掉我们

---

* 燕窝《小白上学堂》诗歌笔记中的句子。

失神引

127

我说这些并没有什么邪恶的想法，丛林规则总比
镜子里的脸更容易让人接受，果子酿成了酒
就不再是果子了，这道理基本上都懂
"每一个房门都怀着深深的警惕，人人自危。"*

季节总是渐变的，写出"冬"我就感到寒意逼人
破窗户站在风中大声咳嗽，一扇门鼓动着大团的梦进出
一些梦却不愿长大，远远绕开无法把握的幸福
我说飞，我就飞起来了，天上全是陌生的人
亲戚们打包去了乡下，粮食全都进了城
我却听到体内饥饿的声音，像蚕，但比蚕来得干脆
穿着皮靴齐步走进我的耳朵，唱着听不懂的歌声
缝隙中不断流出黏稠的想法，慢慢淹没我的嘴
　一拨又一拨的虫子，一拨又一拨的聒噪
　一拨又一拨的迁徙，空气清澈
阳光冰凉，半虫半人合二为一，无关紧要

---

* 燕窝《小白上学堂》诗歌笔记中的句子。

上 茶 山（组诗）

1

每年春天我都来这
顺着小道往上走
远离路上的观光客
乏了就找个地方坐一会儿
看阳光不停地调整方向
一会儿在我脸上，一会儿在我脚上
停留在身上的时候多些
或许只是为了嗅嗅
一个男人身上的复杂味道
决定自己落山时
想要散发出何种气味
我从没上过山顶
留着吧，下一次，这么想着
一个人穿过茶园
独自回家

2

我从没上过山顶
不知道远方会有什么
一个人的茶山
阳光淡极,采过一茬的茶树上
嫩芽继续冒出
毛茸茸,像极了婴儿的小手
女儿的味道
透着亮光,满是欢欣
到现在,我已坐了很长时间
嚼着随手采下的嫩芽
看山下的河水
静静流淌
随性又自由
嘴中的茶叶有些苦涩
说不出来的感觉

3

说不出来的感觉
用来形容当下,再好不过
像多年的老友
熟悉彼此的快乐
平淡而安逸
阳光漫过叶梢
随风而起的香味
清晰又迷蒙

这一瞬间
淡忘很久的人都回来了
说起早先的事
仿佛就在身后
只需回头
请原谅我的倦怠
这些年
走着走着就把自己丢了

在北五省会馆（组诗）

在民俗小区

十多年前，我从这里搬了出去
忘关的窗户上，依旧有那天清晨的潮湿
那时年轻，什么都不放在眼里
诵读城楼上的"中原军区布告"心怀激荡
不知什么时候，不再谈论这里
作为寄居者，我为这里的凌乱和陈旧感到沮丧
春天，陪外地友人看民居，穿过东城门
脚下是细若绳索的青石小巷
十字街上的"七一商店"，依旧贩卖着
小杂货和旧时光，拍照的友人
把挑檐高墙连带着硕大无朋的闲散
一同装进镜头，头顶是屋檐交错的窄天空
小阁楼上，不知谁家女子低声哼民歌
"连登三百六十级，才见斗大一座城。"
顺着湿气飘来的方向，穿过翠花街、木牌楼
施家沟，一头扎进河堤路上的滚滚车流

在北五省会馆

空戏台上，空是一种暗示，由无生有的过程

并非把什么都藏起来，而是填进去，填满，满得溢出来
亦如漫天参差的绿，穿插的质地和光泽
宽容的心态。几个人不开口，相互温暖又孤独
袒露在浩大的春光里，各自萌发。在春天，水袖都是绿的
甩出来就是一蓬唱腔

同行的人并不急于登上石梯，观赏正殿的壁画
而青石上的浮雕，那些翻腾着云朵的吉兽
依旧遵循着修炼的法度，蛰伏藏华。彼此相安地释放
沉浸，心悦诚服地屈从于一段过往、一缕阳光
从一片旧瓦、一截碑文、一段不断放大的传说中
重温小镇的枯萎年华

在 茶 馆

续水时，那个孩子又出现了，腰上系的围裙
向后翻起，像马鞍
一匹未曾被驯服的野马，困在小茶馆里
是否怀念草原的辽阔？
我不再专注于敏感的世相，转而探寻体内的隐秘
流水如何汇成湖泊，映射中年的暝晦
空桌上，一些光线反复碰撞
推敲，尖叫，低声争辩
"沸水能续它们的命，快看！"
银针，毛尖，翠峰，每点到一个名字，它们就从
杯底立起来，露出郁葱
仿佛喊的是咒语、敕令："醒来！
依照你们各自的命名，掀起一场风暴！"

地 名 志（组诗）

仙 人 洞

你一定没学过叙事三要素
人物是你，这点没错
张伯端，字平叔，号紫阳真人
少不务正业，痴迷丹道之法
为府吏，"火烧文书律"，遭戍岭南
后遇道人点化
游历汉水，见江畔好景致
遂焚修面壁，修内丹
著《悟真篇》，终成正果
三项蒙住两样
也算是一把应变好手
可惜你忽略了时间的软硬
栖身之所屡遭变故，踪迹全无
事实证明，多少老厨子
都没法掌握好这个火候

会 仙 桥

文昌宫下的斜坡旧时并无约定叫法

新任县令张志超依常规拜谒神庙
行至沟侧，一眼认出迎面走来的老叟
正是两月前的京中旧识
点醒自己的算命道人
三块青石搭成的便桥上
两人谈起别后的一番经历
谈起眼前的山色美景
南岸瓮儿山下石洞前烟气缭绕
苍鹭贴着水面斜飞，忘却盘旋
回头，老叟缓缓而去，消失在朝霞里
灰蒙的天空一下子明亮、生动起来
两次拜访真人，方获道童引见
掌灯入洞，行三四里
渐闻水声潺潺，潭对岸灯火明亮
瑞色满盈，远远看见身影
寥寥数语，来不及辨认就淡了
真人以无船渡潭婉拒相见
张公出洞后一番感叹
为自己的执念感到羞愧
遂召集民众除草平基，掘石疏泉
重修"紫阳阁"，振兴仙人洞道风
偶遇真人的石桥旁立碑"会仙桥"
后混为小地名

地 名 考

无序的更迭止于明正德七年十一月
古梁州伊始，沉浮于典籍之中的杂乱县名
首次固定下来，得益于北宋道士张伯端

曾经在此潜修立说。晨风微凉
真人眺望着晓露中的对岸
城郭如虹，悬浮于水面之上
东边田园房舍明丽，西边树木苍翠
远山有鹤翅上渐起的云雾
崖下鸳鸯水半清半浊，交汇于洞前
明暗相对，阴阳相合
世间的美好之物，都有着恰如其分的完美
闲暇时，他也会游走在街巷
发现不曾觉察的意义，感悟道的虚无与硬朗
被风吹乱的几缕花白头发
有着他对万物无可替代的敬意
出入鸟道，行踪无迹
人以神仙视之，遂用其道号"紫阳"
命名修炼之崖洞、山沟、河滩、茗茶
后世文人赋诗撰文，优雅，轻狂
在古老的名字中感悟天地玄机
只是小巷再无真人的纠错声
吊脚楼上推开的花窗，也无晨雾扬起的水汽
空气中弥漫着熟悉又陌生的味道
待细嗅，空空荡荡，不可名状

会馆拾遗（组诗）

秋之正午

有什么关系，谶语与谶语者互为倒影
欲罢不能。在院子晦暗的一面
风景都差不多，毫无征兆或预埋征兆的闲散
木梁脱去漆皮，尽显老态
比木梁更老的是石柱顶端的走兽
圈养太久，早已混同于植物，绿得失去脾气
无法掩饰败象，那就让裂纹再颓废一点吧
穿过彼伏鳞甲，穿过深浅浮雕
穿过蛛网织造之美
以一颗沦入崩裂之心，回绝所有爱恨
或许是误会太深，我所了解的全是假象
廊檐下，泥瓦的犬牙，吞噬着甬道上的阳光
雨水很久没来光顾这片旧居
只有桂香暗浮，维系着树下的湿润
担心是多余的，紧张是多余的
有多少问题就能找出多少答案
拿走阴影，补上一片阳光，就这么简单

宛如莲花

写到风，廊架上落下尘土，交错的木柱

偏爱舒展的张力，木雕和青砖纹饰相互映照
补充，止于散漫白墙
散落的砖雕上，硕大的莲花独自盛开
隔着秋天的阳光
苔藓森寒，深藏秘密的模样
孤绝素雅，须仰视、凭吊静谧岁月的终结
或，重新开始。墙根
青砖上"万寿宫"刻字清晰
缘由不详，残碑上
大清同治八年岁次己巳桂月众信弟子
依稀可辨，院中桂花古树盘根错节，难以描述

旧梦难觅

观戏池前石栏尚好，楹联清晰
榫卯间落满尘土
英雄也好，流寇也罢，统统输给了时间
只剩下依稀丝竹，溢出一院风景
忘了韵脚，忘了廊架木梁
日渐演变成建筑术语，漫步在文档
不时撩起几丝波澜
裂开的小兽里，蚂蚁忙着倒腾
陈年花瓣，一群少年玩得忘了回家
往事是否都值得怀念？
石上的反光摇晃着刻痕，刀锋圆滑
老于世故，树冠下，有人辨别着
残碑上的名字，透支着梨花
多少人为觅旧梦，把自己搁浅在秋风之上

菜花黄或我们靠嗅觉辨别风向（组诗）

在汉阴或大片迎风招摇的花

汉阴城至漩涡镇，三十五公里
沿途风光各有各的美，都可以用来回味
车窗上春日荡荡，适宜观景或假寐
对这场春天望闻问切
山坡上有人在锄草，遁于行间
转眼销声匿迹，只剩下风在上面翻树叶
寻找通往真相的路
这些都不是眼下最紧要的事
"旧时王谢堂前燕，飞入寻常百姓家。"
哪只鸟曾饱读诗书，对着浩大春天
喊出第一句最富诗意的话？
没人理睬这个无聊的话题
春天就在那儿，怎样看它都不重要
我必须找个借口，赶赴一场春天的聚会
或能巧遇踏青的先祖，坐实故事里虚无的事
车行山下，大片迎风招摇的油菜花
正忙着加固运油船的长缆绳，而艄公
还是一个无限空置的词语

菜花黄或我们靠嗅觉辨别风向

植物中也不乏望气之人,通晓开花的秘密
闹铃响起,天平失去平衡
每朵花都撑开自己的影子
"我们靠嗅觉来辨别风向。"
说这话的人远居东北
平日里作画、授徒、写诗,仿佛活在魏晋
醉心于在光影之间修炼疏密
说起画画,我更留意画面上的留白
就如山下大片花海中,突然跳出的空水田
摆弄着阳光
不依不饶地玩弄小手段、鬼把戏
颜色浓一点或是淡一点?
在坡上,村子前,花自有开法,谁说也不理

到凤堰,赶赴一场花事

凤堰的三月,更适宜站在高处往下看
鱼鳞状的梯田,扭出鱼身般的活泛
油菜花黄过乡间阡陌,撩拨得人血脉偾张
疑是被人下了蛊,做了手脚
这才觉得春天和我有着千丝万缕的瓜葛
山风润着我的破皮囊,春光补丁一样打上去
揭哪儿都疼,真是命苦,仿佛落草的强盗
突然忆起前世,一会儿是书生,一会儿是剑客
总在颠簸的路上,一会儿向东,一会儿向西
碧草连天,烟水苍茫,不同的春光全都见过

它们都散发着同一种香气
蜜蜂嗅着花蕊，它才不管浪子或佳人
一罐蜜甜到骨髓，片刻的优雅
也该"做得心安理得与煞有其事"*
三月，同样可以往上看，看天
蓝得没有一丝皱褶，一块云有一块云的分量
恰到好处的从容与手感，散落的牛羊与农舍
矮过山梁，出行，就像是作揖
给大山请安，每一次劳作，极像一场宗教仪式

---

* 引自汤养宗《去人间》，中国青年出版社，2015年8月第1版，第33页。

在客栈，我们不谈论风雨（外一首）

异乡的夜，难免有些寒冷
轻易让人露出倦意
灯下的客栈，才像旅人歇脚的地方
透着慵懒与随意
关上门，风尘挡在门外
房间暖起来，言语自然变得活泛
旅途都是自己选中的
带走又留下了什么？
零星的雨就那么零星下着
隔着木窗棂，隔着厚重石头墙
悄无声息，谈起午后经历过的事
总离不开山凹间的那树白梨花
美得人生疼
桌上的茶，头香已过
余味愈发深邃，像是身后用旧的墙
早已失去倾诉的想法，不说明天
那么我们就谈论一些久远
或者刚刚发生的事吧
米酒香甜，篝火明亮
天色渐渐暗下来，水声荡漾

青泥河走笔

一条河有一条河的偏见与宽容
不被人欣赏的秘密情感

春天的青泥河,到处都是好春光
阳光拍打着河谷,自由而简单
重新熟悉这感觉,惊喜中透着欢欣
足够使自己变得辽阔
学习与遗忘,这个简单的技能
耗掉我半生的精力
说这些,不是提醒别人我有多纯粹
从快到慢,由复杂到简单
由实到虚,该到什么程度
我始终缺少那么一丝洞明

四月的青泥河,盛大、安静
每块石头都有自己的位置
每棵草、每棵树都守住了自己的风水
每一缕流水都把自己擦亮又变暗
汇聚出朴素的声音
世事都在身边,春光就在眼前
缠绕的不过是风尘与倦意
转过头,河水向东,落日向西
满山的树影,都像风尘仆仆的故人
略显惆怅

当我们足够衰老,青泥河依旧年轻
依旧写着自己动人的诗句

风 物（组诗）

西岱顶

山高物稀，只因空悬无所依靠
幸存者难免有些脾气。譬如
岱顶上的迎客松
一侧枝繁叶茂，一侧无枝、无叶
笔直挺立，孤愤之气愈发浓烈
譬如站在树侧，脚踏三县
对着虚空大吼一声，啸荡三省
多年后游人已去，空留余响
再譬如山以西圣宫为峰
是信仰的陈述，还是人定胜天的暗喻？
万物互为阴阳，世人谁能说得清楚
或者是悬壁而建的"药王殿"
采药人云深不知处，歌声摇曳
又或是"神人喜和"的普陀仙山庙
石佛、石碑，肃穆无语
清乾隆癸卯年人来，民国壬戌年人去
一茬一茬的随喜香客，无论老幼
都算是后人

水韵天书

渺小，只因外物过大，大得让人无法
凝神静气，面对自然的造物神奇
无名的鸟和万卷峭壁谁更清晰？
山风裹着晨雾，转眼变换了景色
我使出浑身解数，依旧没能翻动那些书页
读懂一页，哪怕是读懂一页上的一个字
悲伤莫过于你爱着，却得不到回响
无法交流彼此的温暖和情感
这拖泥带水的感觉啊
就是一场无法回避的短痛长恨
溪水流过峡谷中的叠合岩石
碎成一团水雾，石缝中藤蔓暗绿
泛着微光，像有人随手做出的标记
书读到此，或，此处尚需斟酌
絮絮叨叨，语无伦次
不妨推开书本、起身随着春色走上一段
那漫山的林木啊，多像那
无法破译的天书，深陷在横撇竖捺中

太 极 城

这些年，我纠缠在词语里
徒失自由，亦如你困在阴阳中
忽略了周围的变化
我们都离自己越来越远，忘了提醒
最初的那个他离开

万物都有脾性，淡若一团幽暗之光
我也是，不会随着秋风增减
变成枯萎的理由
天上的云，各有各的白
各有各的褶皱与舒展
一阵风吹来，寒气凛冽
野菊花一瓣、两瓣、三瓣
总觉得有什么被掏空、被填埋
站在高处望山下，小城
静卧在暖阳中，水为阴，山为阳
行人如同缕缕流动中的气
维系着平衡，几个山间观景人
算是误入歧途，以为跳出三界外
不在五行中，把自己弄得不伦不类
如此悲悯

夜探桥儿沟（外一首）

夜晚的桥儿沟只听得见水声
看不见流水，沟底泛溢着三月的凉意
桥能看见，名字起得也极雅致
长春、临江、观澜、邀月
踏上桥面，脚下就生出曼妙诗意
想要吟上几句，又觉得缺点什么
无法把情绪完整地发酵出来
抬头，小轩窗后有影，纤手拨素琴
幽暗的曲调，把这春夜弄得好不伤感
寻酒，桥后有店，古意盎然
枕着斑斓树影，舒服得让人谦柔
买醉，有负这大好夜色
不妨看看凿崖而建的古井、泉眼
一路品上去，微醺
感觉那些停顿都是值得的
有些困惑，稍加推测，也能理解了
高兴的事，没必要弄得自己心生厌倦
穿过城门洞、长春寺、福音堂
记下了沿途青砖巨石的沧桑气息
没记住小巷的迷宫路径
敲开木格门，顺着主人的指尖往上走
峰回路转，身后的石阶已无踪迹

桃花村，访桃花不遇

或许是来得太早，山坡上只有梨花
开在大片的菜花间，黄白相绕
随风缭绕着各自清晰可辨的味道
空气潮湿得快要挂不住水汽
地也就湿着，赏花的人搅起香
未承想也带起了泥，石阶上跺着脚
无意中打出春天的节拍
歌自然也是有的，像田间的小道
婉转，悠长，拐着弯似连非连，拔高
抬头时，人已到了山头，山下的人
依旧重复着自己走过的路
这有些好笑，有些惊奇，每个人脸上
都有着和自己不一样的表情
桃花也是有的，蹲在身旁的枝头上
拼命地催动着蕾，感觉下一秒
就能催出妖娆的花，把每个山坡
都好好地爱上一遍。没时间去等了
你想走在春天的前面，记录下每一个
感动的瞬间，这有点贪心
无端地羡慕起那些分身有术的仙人

那山那水（组诗）

飞 渡 峡

宽与窄，自有舒展自如的那一刻
峡谷里峰回溪转，回音空寂
浮云细雨有阴郁之美，松弛的法度
倾斜的山水，究竟是偏硬
还是偏柔？火石坪飞瀑直捣谷底
吼声隆隆，属水还是属火？
"尘世微寂，遥望俱安。"*
如无唤，谁愿醒来？
鸽子花就算是舒展双翅，也懒得飞起
只有游人，才肯放下身子
携几缕晨光，比对大草甸中
哪片草的颜色更绿
城墙崖上，哪块石头更显风霜
难免恍惚，混淆了前世
露水般的曾经，无处安放的执拗
喧哗与宁静，不过是那汪碧潭
渐变的温度，与水为邻的都有好脾气

---

* 风重《无题》中的诗句。

鸡 心 岭

如果不是登上山顶，就无法发现
心有多大，江山有多热闹
我有多重要。偏左一点，靠近了
鄂、渝，背弃了秦，反之亦然
不偏不倚，苍松又笑太造作
云朵那么大，抬头时还在剪刀峰
转眼滑到延娇寨，无悲无欢
类似于我的懒散、固执、无所求
观音崖上的观音镜，看得通透
只是懒得喝醒装睡之人
世事艰辛，哪是各行其是
就能拨云见天日，借来云淡风轻
沉疴需猛药，当采大黄二两
黄连、黄芩减半，煎制三黄泻心汤
若无效，可借盐夫粗盐一把
次第吞入，水落石出，四时分明

化 龙 山

说不清是几条河拱起了这座山
还是山滋养了河，离开一堆形容词
谁也无法将其完整地表述出来
找出藏在身下的影子
山高路断人稀，鸟兽自然活得
就张狂，不着调
冷杉、红桦，登高极远

各守各的白云，养出几分出尘的气息
珙桐、水杉、连香树、领春木
孤高自傲，难以管束
也就随它去了。溪水有折曲
无心绕出来的幽远，深不过漫山浓荫
透出来的凉意，三两声鸟语
唤出山坳间的云雾，一波波涌起
天地朦胧，恍若初生
每双脚，都得走出自己的脚印
磕磕碰碰的旅程，用不着谁来饶舌
悲欢喜乐，总得先走完这一遭

本草拾遗（组诗）

青　黛

青黛：又名靛花，采茎、叶，水浸、搅拌
捞取液面泡沫，晒干即成
可画眉，归肝、肺、胃经，主治热毒发斑、吐血等症
中草药里不乏点石成金的神来之笔
想是某日守炉童打瞌睡，粉尘扬入火中
紫红色的烟雾漫出满室药香
尝试入药的郎中，一定富有诗人情怀
偏执、入魔，将一次误会、偶然、无心之举
力求扭上正道，别样演绎，浑如天马行空
无拘无束

莽　草

本草记载：此物有毒，食之令人迷惘
果实多瓣，短柄，顶端呈鸟喙状，向后弯曲
时有不良商贩，混同八角出售
幼时，小镇上常有人取其汁水药鱼
转眼间整条小溪，鱼腹滚动，满沟都是人
全然忘了自己也是生物链上卑微的一环

事物在演变中不断消失、堆积
远离物体本身,语言的磨损
犹如一把削骨钢刀,不那么疼
只是痒得要命,挠不上,够不着
如同误食了莽草,让人眩晕、狂躁,陷入虚幻

防　风

羊群出涧,似白云绕上山尖,温暖着冬日
本草说该药性甘、温,无毒,主治大风、恶风
御风如屏障也。多么糟糕,我不得不承认
大事件离我们越来越远,消磨历史
变成每天必须面对的生活,像个小贩
传递一切可供流通的东西,无个性、无共性
孤零零,又小又亮,毫不相干
乐于满足,乐于朝生暮死
寒来自体内,风该如何防?在另一个场合
你表情严肃,说起永生,离心轮高速旋转
欲罢不能,满地都是花朵,落雪前的短暂灿烂
正在变成回忆

行走的意义（外一首）

无法适应你们的方式，刻意地优雅或怨痛
彰显莫名的意义。路旁的车马店聚集着太多的贩夫走卒
放松就是张口骂娘、闭口喝酒
行走已无意义，游荡对他们来说，不是花车巡演，是生活
是无法回避的一种艰辛，有些东西一直都在，只不过是够长
长得让人一时忘记了它。孤注一掷从来都是冒险
我喜欢"冒险"这个词，投机中的自我反省，不留神的那点小感叹
泛着温柔的淡烟圈，像戏路熟稔的老戏骨，不用暗示、婉曲、借代
它和你的距离相当于用普通话说方言中的俚语
有些夸张，有些反讽，但绝不会唐突

春 暮

我不敢再说出真相，他们强加给我这刁钻的名字
那些醉酒的簪花女子，笑得毫无道理，轻薄地露出腿
用大片的白，败坏我的名头
散了缰绳的马车，一路冲撞的咯吱声让人头疼
我无法集中精力想参差的绿，不知道用什么手段
可以延迟春的倾泻，放缓它俯冲的姿势，困住几个不安分的名词
这年的春困，像场蓄谋已久的病，侵袭着沿途的城寨
慵懒的病人，迷了本性，只知叩拜虚坐的神灵

不事农耕，对于无法支撑自己的物体，我不敢相信，除了依附
它还敢保留什么费解的疑惑，和人分享这转动的世界
守住脚下那片朝不保夕的阳光

莲　说（组诗）

1

各花入各眼，爱莲人也各有偏好
我喜欢远远地望，像一只楔子
完美地嵌入这恬静，而不是一头撞进
它们的生活，谋虚逐妄失去自己
世间事，无外乎繁茂与枯萎
迷惘与丰盈，小人物对天地偷偷作揖
找个由头宽慰自己
说到底，是我没能练成分身之术
自由穿行在有无之间，做自己的卧底
无法向莲读经，知晓因果
仍有遁世的闲情，使大段独白失语
大片美景失色，一洼泥塘
仿佛只为它们而生，为它们而活
拼命洗濯红尘。一个人有一个人的命数
莲说：一滴露中有不二法门

2

为所欲为地撒欢，就像是在赌气

那阵风显然陷入了这尴尬
从东头过来时多自信，一鼓作气
掀翻荷叶头顶的绿，翻出叶下假寐的蛙
掀得水珠像是喝醉了酒
站又站不稳，抓又抓不牢
跌进塘里也没弄明白，谁在使坏
这正是眼下风的困惑
闯进塘里才发现，既无法深入
又退不回去，像个无从选择的过河卒子
只为验证某些惊人的规律
荷塘依旧半遮半掩，隐在绿深处
泼洒着寂静与辽阔
那丢下一蓬唱腔的姑娘想必叫"莲子"
散落在风中，一味地单薄

3

我希望能够忘记定义，重新感受
自然的气息，一曲采莲调
唱得山水静默，风声羸弱
其实，完全不需要转换视角
不需要赞美，那些乖张的无用之物
刹那即永恒，甚至不需要睁眼
好时光正在酝酿一场风暴
啜吸一口那清香，透过身体的甜
人世如此静好，何苦虚张声势
纠缠于无法释怀的已知
稍登高，荷花摇曳，撑篙人隐现
那阵风还是走得太急，终归落了下乘
不懂得细心揣摩这美好之物

情寄山水间（组诗）

1

单向的修饰并不提供任何选择
三千奇峰，八百秀水
说的都是惊艳，离神迹最近的一次
我只需要一个山顶，守住自己的风景
其他的，就随它逍遥去吧
鸟鸣中的山水依次醒来，层峦叠嶂
每个好名字，都占据着好风水
顿挫间，有着不可逾越的美
云雾翻腾在山腰，堆出更多的山峰
每个都面目清晰，每个又有着不同的虚妄
我所迷恋的沉重与轻狂
给我一块能够远眺的岩石就够了
一撇清流、一片稀落的树荫也行
今天起，做个无用的人，谁的话茬也不接
做一回疯癫的浪荡子
与山中的一块石、一叶草，物我相谐
再好的风景都不看了，都不想了

2

够了，像一块石头安静下来
收起身上的芒刺，均匀地呼吸
像一棵树翻过云团
按下躁动的雾气，悄然合一
半醺的人，对着山谷喊出违心的话：
"我只是借用，不少你的！"
丧魂一般，隐有哭腔
亏心者总能堵死所有的说辞
要不，做一只山间的虫豸也罢
蛰居在黑暗之中，仔细观察
那些等待日出的假寐人
他们十指紧扣，欲言又止
在阳光穿透云层的刹那，泪流满面

3

峡谷如道场，群峰散坐在半空中
苦练隐秘的飞翔术
我对这些没兴趣，万般寂静的空山里
我只是怅然若失的观山客
在山风鸟语的涤荡下
有足够的胆气，置身这场浩大的辽阔
世界如初，并无多大改变
谵妄者内心虚空，依旧找不到北
在阳光扎不进的幽暗处
流水如斧凿，把群山分割得形影枯瘦

风物隐约,"我把光阴养出了颜色,
时间却不停地对我说,你要朴素!"
悬崖边有人对着深谷,用倾诉获得安宁
唏嘘声晃来晃去,将落未落
远处云雾跌宕,堆出偌大的寂寞
随风而起的鸟,并不知晓游人的情感
飞进云团之前,仍在满怀敌意地喊:
"这山川,谁也别想带走!"

间歇性障碍（组诗）

大 雪

1

你笑得有些苍白，那一声刺耳的响声
嘴边未曾飞起就滑落脚边
空无一人，你显得有些扁平
雪抹去空间、距离，像只无光的盒子
影子凝固在脚底无法打开
你伸手探了探断崖
号叫声暴露出雪下藏着的身体
张开深渊，意味着还得继续打开

2

就如灰色的石头无法抱着取暖
寂静里的一丝雪鸣也会使你受到惊吓
渺小是那样的可悲，你在雪的下方行走
无法抗拒地自言自语
从花轿说到灵柩，那些危险的禁闭盒子
你看着它们掠取你的所有，那些春天

扭头不停地奔跑,一路长鸣

3

你不敢看崖底阴险的眼睛
那点胸骨里的灰暗是那样的醒目
巨大的雪白尸布,张开娇媚的嘴
等待你的进入,美好得那样无动于衷
满地的白色碎片陷入困境,腐朽的气味
实在失望,真实使世界愈显苍白
你松开手,让儿时的玩偶自由滑落
转身回头走,荒诞不经

迷 雾

我能准确地判定声音发出的方向
那些余音,撞击枯树时溃乱的空燥
顺着风向上,突然断线,软软地下落
一只蚂蚁往下滑,拉出丝绸般的些许哭声
你站在树后,有些冷,耸了耸鼻
样子怪异,继续说话:"回家,回家。"

屋子在我身后,微弱的光也是温暖
夜露挂不住太多的心绪,滴出孤寂
滴出想你的泪,针脚边失措的血
像梅花开,摇过四季的空路
你还是坐在对岸,看着我,无语
掌心向下,扣住我眼前的难题

手放在哪儿是个暗示,不再战栗,看
声音来回地走,越来越瘦,钥匙
在那把死锁里无处着力,你的脸庞
愈加清晰明亮,上路,我需要更多的勇气
翻过乌鸦的翅膀,背对灯火
短暂地回回头,向着陌生飞,失去力气

白　光

门就此关上,光从头顶洒下,我在飞
无数个镜片中的我瞬间散去,
那只发神经的狗叫醒黎明前的黑暗

我在我的上方,看我可笑的躯体日渐透明
那些血管、神经——脱去束缚,慢慢停止搏动
那些反复折腾身体的痛瞬间化为云烟

我在哪儿?我坐满虚空却失去自己
看着儿时的玩偶趴在墙角,满是泪水
不能言语,我上哪儿抓紧自己,不再迷失

由此飞,拔出那根刺,双手染了鲜血
再去路上种满桃花,写下你我的名字
无法逃避,那就在选择中加速离开

相字四题（组诗）

相 守

不着边际的风，又一次吹过北方腹地
困守中的倦意，往事在枝头上剥离着旧日的痕
新迹象来得总是浅显，无法治愈绝望的虚
人群中，糊涂的人做着糊涂的事，忘了孤独
来去都是危路，无法悲悯，无法唤醒内心的怯

爱恋只在腐朽的一瞬，辨出曾经的火焰
灼伤过的木质身体，干涸河床早已看不出河流的痕迹
那年夏天的记忆，他喜欢这个借口
不可思议的随意，否定中的肯定

落日向西，闭上书页，更适合回忆
晃过的段落，和某个标志紧贴在一起的
那片风景，故事中无法剥离的道具，以另一种方式
换得另一个泡影，从未偏离忧伤与恼怒

桃花是压低的欲望，指腹间隐忍的力
踌躇的过程，为什么伤害？她们一张口，就喊出
整个春天，仿佛幼年时敲响一扇门

就有人陪我坐在廊前，看光影中舞动的尘

相　和

望天的人，望出一脸懊恼，他开始想念夭折的那点绿
都上哪儿去了？植物也是有灵性的
你能听见它们哭，婉转、妖娆，透着几分寒气
蹲在墙角怕极了阳光，院子里静悄悄，梨花飞霜
好时光真不该这么无谓地白下去

山坡上，植物标出一路渐变的温度
由上至下地呼吸，早起的鸟叫出林子里的喋喋不休
都在嘈杂着孤单，像漫过土路的经文
谶语，雾气散开又团起，各有各的散漫
远处，有人望天
站出一棵树的孤寂，忘了寒冷天气

在身后，某个不知名的角落，一定也会有人这么看我
一直延伸到远处的望天人、头顶上
那片阴暗的天，他或许比我更坦然，绷着
像绳结上的一环，谁解开谁就拆散
这摇摇晃晃的春天，那么，我们就找不出忧郁的理由
面对迟来的春色，哪有那么多的伤感

相　藉

我已说过这个春天太多的缺憾
该是重新梳理一遍的时候了：石臼内积水微绿
伐过的树桩冒出了新芽，再过几天

坟上长出一轮细草,我的亲人,会隔着照片和我说话
"眼睛看到的也有假象",一堵墙上有她的影子
另一堵墙上有凋残的桃花

天是灰暗的,伸出的手穿过了彼此的身体,往前
是陌路、是交错的旧锁具,一把钥匙打不开所有的门
往后,是懦弱、是退不回去的悲凉
一翻页,曾经的温暖,像一匹马踏入云端
留下踢踢踏踏的响,春寒是喉头里的哽咽

我的描述一再地和旧事重合,写下遗憾,写下
去年冬天冷清的丧事,只为说明
最后一个人的离去,终于赶上了另一个地点的家人团聚
晨风渐凉,作为道具,它见证了曾经的繁华
如果有选择,我会说阴郁的春天,是不小心写下的错字
像鞭子一次次抽过身体,让人忘记了感伤

相　窥

纠结的人,急需一个词语搭救,逃离
窗棂之间,风催动光影愈发疲倦
尘埃是真实的,它们在看得见的地方起舞
在看不见的地方沉默,画相同的圈、不同颜色的圆
执意要把一个谎编得完美,这比茫然还糟
为一个空想杜撰说辞,显然已是病入膏肓、无药可治

旁观者第一个靠近真相,最后一个弄清真实
故事之后,梦统一了口径。说真的,答案不是我想要的
我只想走进田野,窥探一下春天的欲望

是否高过我的额头,万千思绪归于一念,无法承受
不如,各守一线执着,缄默不语,谁开口
谁就暴露秘密。落叶飞上枝头,重新推演结局

现在是七楼上的午后,头顶有阴郁的云
不太亮的光,稍后,太阳将直接掉进远处的楼群
阴影潮水一般退去,露出事物不同的僵硬
广场上,风筝越升越高,在它的身上,有雨的气息
用结局去验证端倪,说明不了什么,我却相信
春天会原路返回,亦如水会从根上倒流
从叶上催出游动姿态,饱满的绿动起来,压弯枝头

失神引

翡翠传奇（组诗）

1

雾露河在晨光中映出另一个自己
映出长翅膀的鱼、水底的云
大团明灭的光斑，像孔雀
停留在水做的高枝上，羽毛轻轻散开
探进隐秘的角落，穿过岩石裂隙
穿过黑黢黢的矿脉夹层
与原石相互缠绕，一起透亮
呈现出乱中有序的光影
仿佛多年后，细腰女子腕上盈动的
那抹翠绿，清澈，圆润，寒冽
每一面迎向阳光，都有旧时之美
春树烟雨，乱石横空，桃花当垆沽酒
凝视者有经年未愈的伤感

2

所有线条都不是凭空出现的
树下的隐者，长髯飘拂，左脚微微抬起
划过落叶，充满出尘之美

鸟，一如既往地向上飞
转眼就要飞出画面，另一只鸟
刚刚飞离树梢，松枝微颤
余下的细节，仍在刻刀下暗自蓄力
怀抱雷电，等待一个恰当的契机
桌上茶水微凉，翡翠温润
一低头，檐影偎在脚下
收起垂敛的羽翼。刻刀继续用力
催开几朵花，光影斑斓，流水向西
韶光如此奢阔，人生当知闲趣
有人唱："柳下桃蹊，乱分春色到人家。"

3

每件精美的翡翠，都有一段
无法释怀的孤独
现在，手镯就困在这患得患失中
魔障也是一种态度
游离于规则内外的觉醒
阳光移动窗格，留下香樟树叶的轮廓
完整地再现了成长的过程
如同我看着眼前的手镯
无端地爱上日后那个不知名的女子
日间描眉，诵经，熟悉茶道
又或是春种，秋收，拾掇农具
每一个日子都心生暖意
养个女儿，温婉得随她妈妈
这眷顾，印证了幸福超然的定律
镯子，可戴着，可压箱底
传给出嫁的女儿，她会是一个好母亲

古窑村纪事（组诗）

1

举重若轻，孤山也就是一撮尘土
指尖上的废墟。手感和力道
太重要了，技法上说：瓷器的精妙
在于深剔刻，剔过目力所及的黑
黑下的白，剔进朴拙粗犷的胎质
剔得白地素淡、黑花繁密
剔出笨拙中的憨意，空寂中的充盈
剔出泥下敛起双翅蛰伏的道

阳光落在胎面上，明显弱了几分
映出泥土中摇摇晃晃的白日头
如此完美的一切，仅就技艺而言
接近了想要表达的内涵：粗放、简练
凝神传情，映现北方人的气息
朴拙粗犷，质朴如泥
此生的目的，莫过于简单、自然
磨刀砍柴，不假修饰
人器同理，还有什么比这更重要的？

2

三只陶罐后是散落一地的瓷器
像群高人在那儿晒太阳，形态各异
无意中闯入他们的领地
彼此都有些紧张，桃花悠悠地开
有些美转瞬即逝，有些爱慢慢开始
依附在泥土上悄悄萌发
我爱白底上的黑、红褐底上的白
釉上鲜活的人物、花卉和山水
我爱那些一挥而就的文字
浑然天成的简略与随意
我爱形态各异的鸟兽，怯生生的
一抹烟云，瓷中流溢的水墨
我爱瓷上隐藏的光芒
圆满自足的懒散、笨拙与憨意
我爱逢茶吃茶、遇饭吃饭
欢欣和叹息，对万物保持该有的敬意
爱我的中年，渐渐发出声响的关节
粗鲁的人生，泥土一般的命
爱得那么没有礼貌，对错难分
爱出俗世大段的精彩与混沌

3

游人消失在老宅院、古驿站里
转眼又从旧民居、残墙后走出来
被一场慵懒的阳光困在小镇

慢慢积攒出鼎沸的声响
碑文记载:"所居之民皆以
烧造瓷器为业……人稠物充,几有方室,
市井骈闐,不减城邑……"
作为一个冷静的旁观者
不知道该用怎样的词语,准确地
表达当下小镇恬淡的生活
或者说,古窑村的节奏
又如何在瓷上硕大的花瓣间
找出起伏的枝蔓、清晰的纹路?
多事之人,因疑惑而陷入
更大的困惑之中,不免有些荒唐
炉火乍亮时,心中豁然开朗
从那些埋头苦做的匠人们身上
仿佛找到一条通往真相的路
粗糙的手心中旋转着起起伏伏的
荣耀与梦想

茶 山 谣（组诗）

1

白雾初起，如团、似絮
为天地所容，这也是我们的状态
凌乱、乏味，无所适从
莫名的焦虑，映射了某些无谓的忙碌
整个上午，在山上
谈论的依然是山外的事
虚无像剂麻药，给人无尽的错觉
每个人都是病人，活成自己的赝品
只有山下的河水，满怀悲悯
流出前世的样子，越来越大的野性
悬而未决的是无中生有的嫩芽
从春天的裂隙里出来
又准备赶往哪一拨疯狂？鸟飞进树林
空出来的天，又大又美

2

在茶山，茶树就是诸侯
每一个小王国，都有自己的法律

违令就该断肠，流放至
渐老的茶梗之上
走向山野的最后都消散在春光中
唱着茶歌的都走失在韵脚里
由此推断，人有无厌之惑
老虎两肋生烟，奔逐在密林
不如随着午后的鸟雀追逐跳跃吧
茶，还是明后的有味
阳光温暖，落影何其纷繁
谈起清风朗月，让人无端地惭愧

3

春天终归是易于伤怀的季节
鸟鸣穿过山梁，松林隐去了个体
羊群与云朵，乱得分不出彼此
隔岸观景，说的都是旁观者
局中人分不清扑面的香味
究竟来自身前的哪棵树
漫山的葱郁，散发同一种味道
必将有一次跋涉，一次归来
看出尘世的悲凉与欢喜
在山中，仅有的词汇都用于抒情
身子却愈发贴近泥土，这执拗
让人突生一种奇怪的念头
认花草为前生，附着于植物之上
守住一分任性，几分感恩
远处的歌声，转过几个山沟
又随着一片绿叶飘过了江

饮者冥想录（组诗）

1

"左右离不开爱恨，姑且画地为牢！"
饮者据林边，前有江湖
后有连绵青山，守一壶，不进不退
醉笑春风尽放怀，好不快活
总有故乡走失的人，异乡又出现
背景是一大片油菜花
摇晃的头颅，香气肥厚
一阵风吹过，掀开半生执念
这样的好天气，最宜饮酒、做梦
琢磨一些秘而不宣的东西
把前半生再走一遭，把弯刀磨了再磨
劈出去，琴声好瘦，满耳咯吱声
铁了心地与你厮磨
无非是，逼你揭开伤疤
得到什么答案？得失悲欢，全是笑话

2

风起时，或许有幸看见老虎

惊天一吼，每道山谷都在颤抖
随声附和，何等威猛！
你养不出这气势，总是走到一半就回头
看桦树越过林缘线，像个小丑
煞有介事地证明自己
与山野为伍，骨子里自然
多了几分韧性，一边抗争一边苟活
对自己耍心眼、唱反调
无聊时，你更愿意琢磨一壶酒
如何在时光浸染下，摒弃
体内多余的杂质，愈陈愈醇
相对于刀，锄头现在用起来更趁手
偶尔抬起头，总能看见
裸露的山脊和天空浑然一体
显然早已达成和解

3

那些忽远忽近，困在节奏中
出不来的絮叨，只是树叶摩擦树叶
堆积出来的回声，没压住的焦虑
有人读出了大地的忧伤
有人读出无垠的妄想
你迟钝得让人头疼，什么也读不出来
罚自己喝下一口酒，权当赔罪
为这份实诚感到惭愧
要不就这样吧，世事无新旧
无非是一件事或几件事之间的翻新
偷梁换柱，混沌又精彩

你对那些没研究，装不出假正经
再次原谅了自己，回头发现树杈间
来历不明的影子偷偷移动落日
难得地有了一丝惆怅

无法完成的命题或永字八法（组诗）

点如寒鸟幡然侧下

直至隆冬，我才拼凑出落笔的勇气
点下去，错开迎面的飞雪，字斟句酌眼前的难堪
我惊异预言的哑默，总能在俗世中找出无法调和的痛
逼出寡淡泪水，虚耗在隐喻中无力颤动
黑墨池终究不是一场白就能模糊过往的痕迹
那些与日俱增的嗓音腐朽的兽，吞噬着午后渐暗的光
还有什么比拿捏一张纸的纯洁
更为乖张？鸟幡然侧下，漫天扇影，变幻出曾被拒绝的忧伤
像无法颠覆的突兀，铺开城市迟暮的眩晕

横如勒马之缰，逆入平出，有往必收

镜前的人，质疑水银的狡诈
也许需要一次头疼，喝下五味的药，来一场短兵相接
方作鸟兽散。形迹可疑的人有着别人嘴上的薄命
转眼就能皱下去，禁锢在禁锢者的杜撰中
空怀一身绝技
想再次触摸深秋的土地，探寻凉热分界的那一秒
有着怎样的决然。沉浸在幽暗的寂静里，疏于悲欢
说昙花偏柔，花期乍短，不过是时光流逝，香渐冷，花渐远

你有甘草，我种黄连，有人言："来世总会谋面。"

竖为弩，曲中见直，其力无穷

不妨再次提及旧事，验证那些失之交臂的端倪
后退一步，退进午后云烟般的潮意里
兴许就是那镜子的反光，撩拨出黄昏的恬淡
谁在掩饰什么？把钟拨慢的人，扣紧手中那枚棋子
爱上窗外的世故，没有人张望。我所有的想法都在别人身上
绕过那盆半残的菊，一转身恍如转出几百年的距离
矜持得有些不合时宜。颓废有着天生的怪脾气
骑一匹瘸马，保持诗的"恶习"
假装无意中穿过阳光，留下毁人心神的双关语

钩为趯，力聚尖端

冰以晦涩的形态，掩去仓皇的白，羞耻之心
喜悲都有着善变的面相
天，压得更低了，绣花女一针针挑出路径，何种手法可以理出
泾渭分明的每一天，依附在相似中的不同？
接着虚构吧！围着炉火的幽蓝，无法触及的热
我们把乍亮的销蚀叫作记忆，善意的乌有乡
互相排斥的甜蜜
雪花贴上玻璃，形影相随的缠绵，谁的体内藏着谁的轮廓
越挠越痒的皮？

提如策马之鞭

理想之上是少数人的家，除非，你能穿过坚实的墙壁

相互折磨的线索，无法面对的羞辱
在山里，狐疑需要蛮力点拨，需要灵魂归壳，撞出体内温顺之物
天，悬于头顶三尺，数风流人物，剑拔弩张
我试着从词语中走出来，把难听的话讲一半
把结局嫁接在自己的涂抹上，甚至想篡改已有的美丽
一个半途出现的人抢走主角的戏，他在暗处，熟悉所有的勾当
知道明亮的灯光下，我们只能这么绷着

撇为掠，燕掠檐下

迟钝是预感，越来越长的磨合期，是每天都要面对的措辞
是含混、瑕疵的形态
是霜降之后俨然的秩序。多年后，回忆成为一种习惯
贴着树荫蛇形的阳光，掠出去又盘旋回来的鸟
围观一个人奔跑。这无法证明什么
散放的行李搅乱早已定好的行程，其余的饱满
有着说不清的孤寂，而我，注定会在某折戏里扮演那份荒唐
和卑微的真实达成苟合，不管迈出哪条腿
一定会出错，台上台下都在紧张

短撇如鸟啄物

事物也许具有反刍途径，将散佚重现的可能
按这样想象，接下来的时间我将无所事事，不用理会
一棵树的枯死、道德的丧失。在寒冷之夜
守住一段烦躁，细心打磨灯光中的色差。它们抱成一团
掩住褶皱的尖叫，几多乖巧，磨着细牙
咬住将要穿过去的光滑弧线，试图滞留单薄的热
面对将要完成的字，这匹温顺的小动物，我不再若无其事

手中的笔如鸟啄物,掀开表面的白雪
来不及抓住的野兔一窜如烟,挤进遥远的春天

捺为磔,逆锋轻落,仰势收锋

造伪者设法驯服一个备用现场。除了这点疑惑,偌大的河谷
更显空旷,一股活水翻出冰面,流进浮雪里
反叛烟消云散。紧张是多余的,迟缓是多余的
持久的拥抱中,棱角活下去的勇气是多余的,有多少已知的突起
就有多少未知的陷落,空气突然变得稀薄
从这里望上去,半山梁上有个雪下的村庄
一卷山河,待谁涂上两瓣桃花?一瓣花开,一瓣花落
那按兵不动的果实啊,需要多大的春天,才会辗转香在画外
簇拥出三月的烟火

永,或刻意隐藏的荒诞

作为叙述者,我迷恋过耳的流言以及热闹的起因
永,按古人口口相传的习字八法进行拼装
一个远古图腾立在眼前,扑朔迷离
无法理解他们那一瞬,脑子里蹦出的怪想法
将万物的暴戾与张狂拘禁在一个简单汉字中
以求以柔克刚,同化,抵达祥和
不论说邻里短长,不打探庙堂消息
心存畏惧地活出一副词不达意的模样,这刻意隐藏起来的荒诞
匪夷所思的怪癖有多荒谬
感叹间,"永"字探出头又缩回自己的世界

后　记

　　写了很多年，越写越胆小。一直求变，却又总是在老路上徘徊，瞎琢磨的时候比写的时候多，写得自然就更少了。

　　喜欢写字的原因很简单，爱好不多，又懒得与人交流。写字可以天马行空，把那些无法亲历的情感与生活在文字里活一遍，为自己稀奇古怪的想法，找到一个合适的出口。因此，写的时候痛并快乐着，总想着打破一切套路，形成的作品也就风格不一，难以归类。

　　写得不多，但玩心大，尝试写过不同的文学体裁，转了一圈，还是喜欢现代诗的表现形式。早先的诗歌，先锋意识强烈些，追求诗歌内部产生的冲突，诗句与诗句之间造成的歧义延伸出来的另一种感觉。或许是年龄渐渐大了，现在喜欢朴实温暖一点的东西。

　　出书既然是某一阶段的总结，整理时尽可能地选取了不同写法的作品，简单来说，我把大概还能看的诗歌随机整理在一起，编了这本集子。回头看以前写的诗歌，总体来说还能看，拿得出手，不算太丢人，算是基本满足了自己的虚荣心。收录的原则很简单，是否发表过不那么重要，重要的是自己觉得好玩、有趣，因此一些曾经发表，但不符合选稿目的的诗歌就做了剔除。其实，这本诗集，我就做了初步的整理工作，后来，请安康日报社编辑张妍帮忙做了校对；一个朋友做了诗歌修改、保留或删除的建议，定稿基本上按朋友的建议做了微调。请朋友做的原因有两个。首先主要是懒，对这事不大上心。经验告诉我，大多事的投入与产出都不是成正比的，不是你付出多少努力，就会得到多少结果，灯下黑让人头疼。其次是我对旧字有随手修改的坏习惯，有些修改得还能看，有些让我修改得一塌糊涂，只好废弃，一次次的来回折腾，让我对修改这件事有了一些畏惧。

　　说起出书这事，20世纪80年代末、90年代初，朋友帮我手工刻印过一本诗集《疯人院》，收录了我那段时间的诗歌作品，记得当时油印了二十本，封面是很现代的先锋设计，留存的一本几年前还在，后来不知所终，诗歌基本上也没保存。稍后朋友帮着做过《过去兰若寺》《杂耍宴会》两本诗集，中间还出过一本诗歌合集《禅意诗十家》，东拉西扯，手头就只剩样书了，总之对于出书这事兴趣不大，也不怎么当回事。这次出书是赶巧朋友促成了这事，算是搭了顺风车，这情得记。

　　感谢为了这本书的出版费心劳神的朋友。一个小城，能有几位坚持写字的人，算是大幸事。感谢帮忙校对、修改的朋友，认识你们真好！诗集封面采用李小洛老师的画作《问道图》，同学毛文凯题写了书名，在此向他们一并表示诚挚感谢！

　　随手写了几段话，其他的好像也没啥可说的了，就这样吧！

2022年8月31日